Rey alfa

Renee Rose

Traducido por
Vanesa Venditti

Rey alfa

SOY EL ALFA DE LA SECUNDARIA WOLF RIDGE.

ELLA ES LA HUMANA QUE PUEDE DESTRUIRME.

Nadie sabe mi secreto, el que debo ocultar para estar en pareja.

He escondido mi condición…

hasta que llegó ella.

La humana de aroma delicioso que vuelve loco a mi lobo.

Estar cerca de ella lo vuelve mil veces peor… pero no puedo resistirme.

La persigo en la escuela.

En casa.

En la cama.

Si no hago algo pronto, se acabará mi autocontrol.

Pero si no la dejo sola… Lo perderé todo.

La autora más vendida de *USA Today* Renee Rose nos entrega este nuevo romance intenso de bravucones y adultos transformistas.

Libro Gratis de Renee Rose

Quiere un libro gratis de Renee Rose? Suscríbete a mi newsletter para recibir **Padre de la mafia** y otro contenido especialmente bonificado y noticias de nuevos. https://BookHip.com/NCVKLK

Capítulo uno

Lauren

Me levanto empapada de sudor. Una de las muchas desventajas de vivir en Arizona.

Incluso ahora, a mitad de septiembre, las temperaturas diarias pasan los treinta y siete grados. No. Puedo. Dormir.

Intento quitarme las mantas de encima del cuerpo, pero se enredan entre mis piernas y me hacen moverme y patalear como una sirena atrapada en una red. La camiseta que llevo se pega a mi cuerpo.

No soy la única en este hogar que sigue despierta. En la habitación de al lado, mi gemelo, Lincoln, toca su guitarra eléctrica sin amplificador. Lo escucho practicar, todavía intenta sacar la canción «Layla» de Eric Clapton.

Desde la cocina se escucha el ruido del hielo que cae en un vaso. Nuestro papá también está despierto. Somos una familia con insomnio.

Probablemente no podamos culpar al calor. Esta es una semana difícil para todos nosotros.

Los aniversarios apestan.

Pero se supone que las temperaturas más frescas

permiten dormir mejor, así que bajo las piernas por un lado de la cama para levantarme. El termostato que está afuera de mi habitación dice veintidós, lo que debería ser bastante templado, pero lo bajo un par de grados más.

Cuando regreso a mi cuarto, me quito la ropa húmeda y la arrojo al suelo. Quizá funcione dormir sin nada más que mis bragas.

Me acerco a las ventanas que ofrecen una vista de las laderas. La luna llena se refleja en los cactus saguaro, que parecen centinelas sobre la ladera empinada.

Busco las cortinas para cerrarlas y entonces me quedo helada.

La respiración se corta en mi garganta.

El lobo más grande que he visto está fuera de mi ventana, a solo cinco metros.

Plateado con manchas blancas, brilla con la luz de la luna llena. La bestia está tan iluminada que puedo ver el color azul claro de sus ojos.

Me obligo a exhalar por los pulmones.

Ahora sé que no estoy loca. Estas últimas semanas, he visto movimientos en los arbustos cuando miraba por la ventana. Destellos plateados o el movimiento de una cola.

Supongo que debería estar impresionada. La Madre Naturaleza trajo a un animal en peligro de extinción justo hasta la ventana de mi habitación. Por algún motivo, igual me enoja. Como el calor y los bravucones pueblerinos de mi secundaria, tener animales salvajes mirando por mi ventana se siente como una intrusión. Otra señal de que no pertenecemos aquí.

Deberíamos irnos de Wolf Ridge y regresar a Manhattan.

El lobo me mira fijo. Hay algo desafiante en su mirada.

Como si fuera el alfa, y yo una joven nueva rica que quiere poner en su lugar.

A mi mamá le hubiera encantado ver esto. Adoraba Arizona. Adoraba estar rodeada de naturaleza. Pero ella no está aquí, lo que significa que ver a este lobo es un maldito desperdicio.

Le quito el seguro a la ventana y la abro rápido.

—¿Qué estás mirando? —Le grito al lobo.

Su labio superior se levanta en un gruñido.

Debería tener miedo. Debería sentir algo, lo que sea.

Pero no sucede.

Últimamente, nunca siento nada.

—*Shu.* —Muevo la mano de forma despectiva—. Vamos. Vete de aquí.

Veo otro brillo en sus dientes blancos.

Escucho un gruñido feroz y luego la fuerza del cierre de su mandíbula poderosa.

Juraría que apenas pestañeo antes de que mi ventana esté tapada por pelaje plateado. El mosquitero se dobla hacia adentro y se rompe en el medio cuando el gran cuerpo del lobo choca contra el marco.

Grito, congelada en el lugar. No puedo moverme o dejar de mirar.

Finalmente siento algo que no sea una experiencia inerte fuera de mi cuerpo. Mi cuerpo reconoce el peligro real. *Y me encanta.*

Después de sentirme muerta por tanto tiempo, disfruto del terror. De la sensación de vivir. De que regrese la emoción, aunque sea una primitiva.

Miro al lobo que gruñe a los ojos, prácticamente lo desafío a pasar ese mosquitero y comerme viva.

Pero entonces, igual de rápido que llegó, el lobo gira y corre hacia el bosque y desaparece de mi vista.

* * *

Abe.

Ninguna humana debería tener un par de tetas tan gloriosas.

Incluso ahora, con una bota presionada contra mi garganta, estoy pensando en cómo lucía Lauren Sterling con la luz pálida de la luna iluminando sus pechos desnudos.

Recuerdo el levantamiento impudente de sus pezones. Su parte inferior redonda y dulce. Pienso en cómo sería llenarme las manos con ellas a la vez que inhalo su aroma de manzana acaramelada.

—¿Quieres explicarme por qué acabo de recibir una llamada de la mansión Sterling diciendo que un lobo rabioso intentó *atacar a su hija*? —gruñe el alguacil.

Estoy acostado boca arriba, mostrándole la barriga al Alfa Green y al alguacil Gleason.

Mierda.

Estoy tan jodido ahora mismo.

Vuelvo a transformarme en humano para hablar, lo que sólo empeora mi posición vergonzosa. Ahora tengo mis partes colgando mientras sigo debajo de la bota del alfa.

—Lo siento, alfa.

—No alcanza con *disculparse*, hijo. Rompiste la ley. — Mi papá aparece detrás de los otros dos hombres y una sensación familiar de inquietud pasa por mi estómago. Se volverá loco si piensa que me atrae una humana.

No es así. Definitivamente no.

Mi mente da vueltas mientras intento pensar en cómo salir de esto. La verdad es que no sé qué sucedió. No sé qué me sigue atrayendo a la mansión Sterling, la monstruosidad opulenta sobre la Colina Moongaze que linda con la tierra de la manada y tiene vista a nuestra tierra para correr. La casa adonde Lauren y su gemelo se mudaron durante su último año.

No tiene sentido que mi lobo esté fascinado por una humana.

Todo lo que sé es que vi a la princesa de hielo de Manhattan, mi estirada compañera de laboratorio en química, parada sin sostén en su ventana.

Sí, *sin sostén*.

Vi esos pechos hermosos y no pude moverme o dejar de mirar.

Y luego me doy cuenta: esa es la respuesta. La mismísima verdad, sin la parte de perder el control y de que mi lobo se abalanzara sobre ella.

—Lo siento, señor; no sé qué sucedió. Supongo que fueron las hormonas. La vi desnuda en la ventana...

—¿Desnuda? —Interrumpe mi papá con incredulidad.

—Sí, señor. Ella se acercó a la ventana desnuda, y no sé qué sucedió. Debe haber sido la luna llena que sacó a la luz mi agresión alfa. Lo próximo que recuerdo es que me lancé contra la ventana. Pero no estaba atacándola. O sea, nunca quise hacerlo. No lastimaría a una humana.

Puede que haya querido atrapar a esta en particular y hacerle cosas sucias, pero no se lo diré a mi papá y a los ancianos de la manada.

—Ya veo. —La bota sobre mi garganta se mueve a mi pecho y respiro profundo. Parte de la tensión y el estallido de enojo desaparece del alfa Green—. Las hormonas pueden hacerle eso a un alfa. —Hay algo de orgullo en su tono. Como si estuviéramos hablando de un alfa a otro. De pronto, es mi mentor en vez de quien me castiga—. Hijo, tienes que descargar algo de esa agresión hormonal en el campo de fútbol. Si tienes que estar con un par de humanas, no cuando hay luna llena, por supuesto, sólo para descargar tu frustración acumulada, entonces hazlo. Usa protección, por supuesto. ¿El entrenador Jamison no les dice ese tipo de cosas a ustedes, chicos?

—Sí, señor. Absolutamente. Pero no necesito hac... estar con una humana. Tengo las cosas bajo control.

Mi papá jamás me perdonaría si lo hiciera con una humana. Toda mi vida me ha dicho que mi hermano Austin y yo tenemos que proteger y mantener la posición de alfas en nuestras clases para poder estar en pareja con la alfa mujer. Asegurarnos de que el defecto de nuestra familia nunca se transmita.

—¿Así es, hijo? No parece ser así desde este punto de vista.

—Sí, señor. No sé qué sucedió esta noche, pero juro que nunca más pasará.

—Asegúrate de que no suceda, —me instruye el Alfa Green. La bota retrocede un poco más.

—Lo haré, señor.

El Alfa Green quita la bota de mi pecho.

—Ahora levántate y vístete. Resolveré tu problema con el alguacil Gleason.

—Gracias, señor. Lamento el problema que le causé a usted y a la manada. —Me levanto y me sacudo como un perro antes de girar y salir de la oficina de la manada.

Mis amigos, Asher, J.J., Markley, y Sebs me esperan en el vestuario. Ya están vestidos y están pasando el rato, jugando a tirar una pelota lo más fuerte que puedan al rostro de otro.

Los cuatro me miran con ansias, pero niego con la cabeza. No les diré nada mientras sigamos en la propiedad de la manada. Todos los transformistas tienen escucha superhumana y ninguna conversación deja de ser detectada.

Por supuesto, todos quieren saber qué sucedió. Desaparecí durante la corrida de la manada y cuando volvieron, estaba en la oficina del alfa.

Me pongo unos pantalones cortos y una camiseta, meto los pies en unas ojotas y salgo hacia el estacionamiento de tierra donde está mi Range Rover. Los cinco entramos y enciendo la camioneta. Ni bien se cierra la última puerta, todos hablan a la vez.

—¿Qué pasó, Abe? —Dice Markley desde el asiento del acompañante.

—Escuchamos que estabas en la mansión Sterling, supuestamente atacando a la Princesa de Hielo. ¿Qué le hiciste? —Quiere saber J. J. Él es el tipo bueno de nuestra manada en la escuela. El presidente de la clase de último año. El Sr. Sociable. El tipo que desearía ser. El tipo que sería si no tuviera que mantener mi posición de alfa, un requisito impuesto por mi papá, no por mí mismo.

—Dime que estaba gritando porque finalmente atrapaste a la perra frígida...

Mi lobo gruñe. Antes de poder evitarlo, muevo el brazo hacia atrás para darle un puñetazo a Markley en el pecho por faltarle el respeto.

Mierda.

¿Por qué querría mi lobo proteger a esta humana? Nunca fue nada para mí más que una engreída.

Markley silba por el impacto.

—Perdón, hermano.

En el espejo retrovisor, veo a J.J. y a Sebs mirarse de una forma que me hace querer pegarles en la garganta a ambos. Mostré demasiado.

Creen que esta humana significa algo para mí.

No es así. Definitivamente no.

Nunca lo haría con una humana. Menos con Lauren. La Princesa de Hielo podrá ser sensual, su aroma me puede provocar cosas, pero no hay absolutamente nada debajo de ese exterior de chica rica y cuidada.

Es noche de escuela y es tarde, así que no conduzco hasta la meseta para hacer un fogón y pasar el rato con los chicos. Esta vez no quiero estar con mis mejores amigos porque sé que seguirán molestándome para saber qué sucedió esta noche y por qué.

Pero necesito contarles algo ahora porque todos los transformistas en el colegio mañana querrán saber qué sucedió, y mis amigos tienen que ser quienes lo cuenten.

Tiene que ser una historia que me deje en la cima. Soy el alfa de la escuela. No puedo permitir que se me perciba como débil. Sobre todo no con mi secreto.

Llego a la casa de Markley y apago el motor, luego me giro en mi asiento para ver a los chicos.

—Amigo, ella estaba desnuda. Parada frente a la ventana de su habitación.

Me hace doler el estómago hablar así de Lauren. Lo que no tiene sentido. Nos odiamos.

—¿Quéeeeee? ¡Ah, maldición! —Asher niega con la cabeza.

—Lo sé, —continúo, como siempre lo hago. Soy su alfa, la superestrella agresiva de la escuela. El tipo que aplasta a todo el que no le dé su total y completo respeto—. Unas tetas realmente perfectas. Pero ella me vio. ¿Y saben lo que tuvo la audacia de hacer la Reina de Hielo?

—¿Qué? —El labio superior de Asher se levanta. Es el salvaje de nuestra manada escolar. El tipo que suele romper las reglas de la manada y ser atrapado por el alfa. De tal palo, tal astilla, supongo.

—Me dijo *shu*. —No menciono la forma en la que sus pechos rebotaron cuando hizo el movimiento. O lo que me provocó.

—Ay, mierda. —J.J. se espanta ante la audacia de la humana de insultar a un lobo alfa—. ¿Qué hiciste?

Pongo una sonrisa de comer mierda en mi rostro.

—La hice cagarse en las patas.

Pero a mi lobo no le gusta eso. Siento que una desaprobación inquieta se mueve debajo de la superficie de mi piel. Pero no sé cuál es el problema. Mi lobo *no* puede querer estar en pareja con una humana.

E incluso si así fuera, no sucederá. No puede pasar.

Como están las cosas, hay un 50-50 de chances de que pase mi defecto a mis cachorros. Si me reprodujera con una humana, serían más defectuosos, aún si lograran transicionar a ser transformistas. Y esa es la razón por la que tengo que estar en pareja con una mujer alfa.

Mi papá me ha taladrado esto en la cabeza desde los primeros meses de mi transición en la pubertad, cuando descubrimos que el defecto de la familia estaba presente en mí.

Quiere que engañe a una mujer alfa para que se reproduzca conmigo. Podría simplemente no estar en pareja. Evitar pasarle esta mierda a algún cachorro.

Recuerdo cómo se sentó a mi lado en la cama después de que me desmayé, la única vez que alguien de nuestra familia realmente necesitó de sus habilidades como doctor. *Es una anomalía genética. La interpretación de tu cerebro de lo que recibe a nivel ocular se mezcla. Básicamente, tu cerebro intenta ver con los ojos de tu lobo mientras estás en tu forma humana. Es controlable, pero tienes que ocultarlo. Mantente alejado de las luces fluorescentes, que pueden desatar episodios. Cuando sucedan, ocúltalos. Tendrás que aprender a fingir. No le cuentes a ninguna persona de esto. Nadie puede saber que no eres perfecto, Abe. Tendrás que esforzarte para ser el alfa de tu clase, mantener tu posición, así te asegurarás de tener la mejor pareja posible antes de que empeore o de que alguien se entere.*

Lo que significa que para mí no habrá oportunidad de encontrar a mi pareja destinada.

Asher gruñe con aprobación porque haya asustado a Lauren.

J. J. pone los ojos en blanco.

—Tienes suerte de que el Alfa Green no te lastimara.

Lo dice literalmente. Con los dientes. La disciplina de la manada casi siempre es física porque sanamos de inmediato. Es una muestra de dominancia y un pedido de respeto.

—Ya estaba vestido, —explico.

—Tienes mucha suerte, —dice Markley—. ¿Ninguna consecuencia?

—Les dije que estaba desnuda y él se lo adjudicó a mis hormonas activas de adolescente.

—Eres un genio, amigo. —Sebs me ofrece sus nudillos y choco el puño.

—Espera, espera, espera. Volvemos a la parte de estar desnuda, —dice Markley—. ¿Totalmente desnuda? ¿O desnuda con bragas y sostén?

Los otros chicos se ríen y acercan las cabezas, todos esperan mi respuesta.

Qué extraño, desearía haber mantenido la boca cerrada. Le conté la situación al Alfa Green para sacármelo de encima, pero ahora no me gusta que nadie hable de sus tetas.

Lauren podrá ser una chica rica y estirada que no pertenece en Wolf Ridge, pero no merece que le falten el respeto así. Ni siquiera para preservar mi reputación como alfa.

—Basta, Markley, —gruño.

—¿Entonces realmente no estaba desnuda? —pregunta.

—¿Qué hacías en su casa de todos modos? —Quiere saber Sebs—. Pensé que estabas persiguiendo a Casey y River.

Casey es la chica alfa de la clase de último año. La chica a la que *debería* estar persiguiendo.

Por la que no tengo ningún interés en absoluto. Es un sentimiento mutuo, sospecho.

—Lo hacía, pero vi las luces prendidas en la mansión Sterling y fui a mirar.

No les digo que me corro hacia la Colina Moongaze cada un par de noches. Que huelo el lugar y que mi lobo se siente inexplicablemente atraído por la monstruosidad de una mansión.

J.J. y Sebs se miran de nuevo.

—¿Qué? La irritación aumenta.

Sebs se encoje de hombros.

—Nada. Es sensual. Yo también iría a mirar.

Mi lobo gruñe y lo ataco.

—Mantente alejado de ella.

Él levanta las cejas.

Markley interrumpe.

—Tengo que irme o mi mamá se pondrá loca. —Él me choca con el puño y abre la puerta para salir—.

Los veo.

Es una noche escolar y Sebs probablemente sea el único que siquiera mire su tarea. Es el tipo de chico que parece tener todo listo antes de siquiera abrir un libro. Aunque ya no abrimos libros. La secundaria Wolf Ridge finalmente llegó al siglo veintiuno este año y nos dio copias electrónicas de los libros de texto.

Lo que lo vuelve incluso más difícil para mí. La luz de cualquier tipo de dispositivo electrónico interfiere con mi visión. Estoy aprendiendo a leer usando mi visión periférica, pero suele tomar tanta concentración que no llego a absorber lo que estoy leyendo.

Dejo a los otros chicos y llego a mi entrada. Me pica la nuca como advertencia cuando salgo de la Land Rover.

Sip. Como temía.

Mi papá me esperó despierto para hacerme pagar.

Su peor miedo para mí es que termine en pareja con una humana.

Capítulo dos

Lauren

Cada vez que piso el campus de la secundaria Wolf Ridge, estoy bastante segura de estar en el set de una película apocalíptica de zombis.

Pero eso podría ser una proyección de mi parte.

He estado muerta por 51 semanas y media hasta ahora.

No he hecho un sólo amigo en el mes que estuve aquí. Tampoco lo he intentado. En realidad, no me molesto porque no hay nadie con quien valga la pena hablar.

Almuerzo con Lincoln en la cafetería, pero hoy está con Rayne, la única chica de la escuela que es algo agradable. Lincoln la ha estado ayudando con matemática porque es una especie de genio con los números. Se parece a nuestro papá en eso.

Me uno a los dos, consciente de que nos miran incluso más de lo normal. Como si el que Rayne comiera con nosotros mereciera más observación que los gemelos de Nueva York. Realmente no entiendo esta escuela.

Es tan extraña, maldición.

Rayne confirmó mis sospechas de que la popularidad se

basa sólo en habilidad atlética, lo que explica por qué Abe Oakley, mi compañero idiota de química, puede liderar el colegio. No tiene la altura desgarbada de Lincoln y Luke a los dieciocho, ese marco que no se completará hasta la universidad.

Él y sus amigos de fútbol ya lucen como si estuvieran en la NFL. Son enormes y musculosos.

Hasta las chicas son musculosas aquí. Rayne no, pero ella no es jugadora o porrista como el resto. Sospecho que es una total marginada, como Lincoln y yo.

Por eso nos miran.

Mi mirada se va sin querer a Abe y sus amigos que están en la mesa detrás de Lincoln. Está riendo y diciéndoles algo a sus amigos. Gesticula y hace que sus bíceps sobresalgan y se agranden.

Unos músculos tan grandes no pueden ser naturales en un tipo de nuestra edad.

Me pregunto si habrá un problema de esteroides aquí. Algunas escuelas tienen problemas con el éxtasis. Otras con la marihuana. Quizás esta tenga una verdadera crisis de esteroides. Eso explicaría el nivel de agresión y de maldad aquí. Quizá todos tengan ira de esteroides.

Ay, maldición.

Abe ve hacia arriba y muestras miradas se unen. Sus ojos se entrecierran. Su desagrado por mí es evidente. No puedo decidir si es por no haberme tirado a sus pies como el resto de las chicas de esta escuela o si es por tener dinero cuando esta ciudad es de clase trabajadora.

Para ser honesta, no estoy acostumbrada a que me traten como mierda de perro en el zapato de alguien, que es cómo actúa Abe, pero no me importa.

Hacer amigos aquí nunca fue una prioridad.

Ahora que se unen nuestras miradas, me niego a

quitarla. Puede que no me importe caerle bien, pero eso no quiere decir que no tomaré cualquier migaja que me ofrezca.

Junto los labios y lo vuelvo a mirar, como si acabara de comer algo agrio.

Abe se levanta y es como si fuera el rey en un trono por cómo sus amigos se levantan de inmediato con él. Se mueve en mi dirección.

—Oh genial, —murmura Rayne y agacha la cabeza como si se preparara para una golpiza.

Lincoln y yo no nos preocupamos. Quizá todos nos odien porque pensamos que somos mejores que ellos, pero supongo que cuando se trata de esto, lo somos.

Ninguno de nosotros se sentirá intimidado por bravucones de la escuela. Éramos los chicos populares en Landhower Prep. No nos pondremos de rodillas para adorar a estos perdedores.

Abe y sus dos amigos se sientan en nuestra mesa. Finge concentrar su interés en Rayne, pero sé que está aquí para molestarme a mí.

—Miren eso. La enana finalmente hizo otro amigo.

Qué pena que sea tan lindo. Hace que sea difícil mirar a otro lado.

—Dos, —dice su amigo J.J., mirándonos a Lincoln y a mí—. ¿O dos perdedores sólo suman uno?

Abe se sienta junto a mí e invade mi espacio. Le doy mi mejor mirada de quítate, pero sólo sonríe. Sus dientes son blancos y perfectos, sus labios demasiado sensuales como pertenecerle a un hombre tan masculino.

—No pensaba que Perla fuera a rebajarse a hacer amigos en Wolf Ridge.

Perla. Me llama así porque somos ricos. Siempre hace

comentarios acerca de nuestra mansión y el coche que conducimos.

—Apuesto a que irán al baile de bienvenida como un trío. Eso sería lindo, ¿verdad? —Dice el otro tipo, Markley.

La sonrisa desaparece del rostro de Abe. De hecho, de pronto luce realmente peligroso. Hay escalofríos de advertencia en mis brazos, pero no sé a qué debería tenerle miedo.

—Mientras todos estemos allí para ver que te coronen como rey, ¿verdad? —Le responde Rayne.

Su sonrisa reaparece.

Claro. Abe será el rey del Baile de bienvenida. ¿Me pregunto quién será su reina? No es que me importe. No tengo planes de ir al baile.

—Paso, —digo. Compartir más tiempo con los chicos de esta escuela no sería más que doloroso.

La irritación reaparece en el rostro de Abe, pero se recupera rápido y vuelve a mostrar su sonrisa de comer mierda.

—¿Sabes qué sería divertido?

—¿Qué? —Pregunta J.J.

—Poner a estos perdedores en la votación.

—¿Por qué? —Pregunta Markley.

No lo entiendo. A menos que... realmente *quiera* que yo esté allí para ver que lo coronen como rey.

Quizás el bravucón importante realmente esté interesado en mí.

Ja.

Eso es gracioso.

—Hagan que suceda, —les dice a sus amigos como si fuera una estrella de cine y todos fueran sus asistentes personales.

—¿Sabes qué sería aún más divertido? —Rayne les

dedica una sonrisa dulce—. Ver que pierdas contra alguien de afuera.

Eso sería divertido. Mi hermano definitivamente tiene potencial de ser rey del Baile de bienvenida. No es jugador, como los pendejos de esta escuela, pero tiene su vibra de chico de rock. Es alto, relajado y muy apuesto. En Land-hower cuando sonreía, las chicas se desmayaban.

—En tus sueños, enana. —La arrogancia de Abe es firme. Se levanta y se aleja; todo su grupo lo sigue.

—Esa fue literalmente la interacción más tonta que he tenido la desgracia de presenciar. ¿Cómo son populares estos idiotas? —Pregunto, intentando no mirar los hombros musculosos de Abe mientras se aleja.

—No tengo idea, —murmura Rayne.

* * *

Abe

Odio química.

Las luces fluorescentes del laboratorio activan mi defecto, así que nunca puedo leer lo que escribe en el pizarrón.

¿Y lo peor de todo?

La reina de hielo es mi compañera de laboratorio, me distrae constantemente con su aroma a manzana acaramelada.

La miro. Nada acerca de ella parece mostrar que el interludio de anoche la haya afectado. Parece bien descansada. Realmente sensual. Llena de confianza.

Mi idea de ponerla en la votación del Baile de bienvenida no estuvo tan pensada. ¿Realmente quiero que sea mi reina? Eso es ridículo.

Sé que debería calmarme con molestar a Rayne la

enana, otra loba defectuosa. La transformista que no puede transformarse. Si alguien debería entender que los defectos no se eligen, ese debería ser yo. Uno creería que ya debería haber superado esta mierda de ser bravucón y dejar a la chica en paz, pero cada vez que la veo, no puedo controlarme. Ella representa todo lo que odio de mí mismo. Una pequeña puñalada de culpa que siempre sentí por molestar a Rayne se transforma en un tsunami cuando veo el asco en el rostro de Lauren. Lo contengo.

Me niego a dejar que esta humana débil y estirada me haga sentir culpable. Soy el alfa aquí. Puede que ella no entienda lo que eso significa, pero lo hará. Incluso si eso significa ponerla en su lugar yo mismo.

No la votarán como reina. Casey Muchmore ganará como reina. Ella es la alfa de la escuela. Mi papá ya me preguntó cuatro veces si la invité al baile.

Por supuesto, debería hacerlo.

¿Es extraño que nunca me haya interesado?

Cuando transicioné por primera vez y descubrí que tenía un defecto, mi papá empezó a insistir en esto de la mujer alfa. Entonces salí con porristas y estrellas de voleibol. Estuve con las lobas más atrevidas en corridas de luna llena. Y luego llegó Lauren Sterling y a mi lobo estúpido se le puso dura por ella.

Una hermosa humana estirada.

Ella arroja su largo cabello castaño por encima de su hombro y me mira con un frialdad y desinterés mientras estamos parados en nuestra mesada del laboratorio.

Cualquier otro transformista de la clase hubiera hecho el trabajo por mí. Se hubieran humillado y me habrían sonreído y me hubieran dado cualquier información que necesitara para tener una C en esta clase de algún modo, así podría seguir en el campo de fútbol.

Soy el alfa de la secundaria Wolf Ridge después de todo.

Puedo manipularlos a todos con una simple mirada. Con levantar la ceja. Con mover la mano.

Nadie siquiera dudaría de por qué necesito ayuda. Asumirían que sólo exijo su lealtad y servicio.

Pero Lauren no.

Y esta princesa malcriada está completamente desinteresada por mi poder y estatus en esta escuela.

La Srita. Miller pasa las instrucciones del laboratorio. Lauren me ignora y se pone unas antiparras por encima de la cabeza que agrandan sus ojos azules. Normalmente, los ojos grandes hacen que una mujer luzca inocente. Frágil. Dulce.

No con esta princesa.

La soberbia que exude cancela todo lo lindo de su apariencia. Pero de alguna forma logra lucir sensual como modelo de pasarela con su protección de plástico en los ojos.

Me pongo las antiparras por encima de la cabeza como si fuera demasiado genial para usarlas. Lo que es verdad.

Miller tampoco me llamará la atención. No tiene sentido que las use. Los transformistas no nos lastimamos con quemaduras químicas. Bueno, temporalmente, claro. Pero nada que no sane en una noche.

Inclino la cadera contra la mesada del laboratorio y cruzo los brazos sobre mi pecho para mirar a Lauren trabajar.

Ella me mira mal.

—¿Ni siquiera fingirás ayudar?

Mi lobo está satisfecho de que finalmente me hable. Finalmente me mire.

—Nop.

Los estudiantes al otro lado de nuestra mesa del laboratorio, ambos transformistas, me miran con una risa obligada.

Soy su rey, entreteniéndolos.

Lauren los ignora.

—¿Piensas que la Srita. Miller no lo notara? —me pregunta con calma. Siempre está despreocupada por mis intentos de hacer que se interese por mí. Enloquece a mi lobo.

O quizás ese sea mi ego.

—Miller no hará nada, —digo con total confianza. No estoy tan seguro como sueno, pero mi papá *es* realeza en la manada, y Miller es sólo otra maestra. Nadie especial. Ella sabe que si desapruebo en el laboratorio, mis notas bajarían de una C y no podría jugar en el partido del fin de semana próximo. Eso pondría mucha presión sobre ella de parte de casi todos en la ciudad, del entrenador Jamison y del director hasta cualquier ciudadano que dependa de que la secundaria Wolf Ridge sea su entretenimiento semanal.

Las fosas nasales de Lauren se agrandan y sus labios bajan en una expresión de disgusto mientras se mueve con confianza, midiendo arvejas secas y arena en dos vasos de precipitación diferentes. Conozco esta mirada en particular; prácticamente es la única que me dedica.

Ella niega con la cabeza mientras trabaja.

—Me enteré de que podrías tener una beca de fútbol. ¿Cómo harás en la universidad cuando no tengas ni idea de cómo aprobar una clase sin hacer que alguien más haga tu trabajo?

Estoy satisfecho de que sepa cosas sobre mí, ya que pasa la mayor parte del tiempo fingiendo que no existo, pero la mención de la universidad me retuerce el estómago. Sobre todo porque sus palabras son muy parecidas a la verdad. No hay forma de que termine la universidad sin pagarle o amenazar a alguien para que haga mi trabajo.

Le doy mi mejor sonrisa de comer mierda.

—¿Qué te hace pensar que no podré acosar a alguien en la universidad?

Ella pone los ojos en blanco.

—Un día de estos, alguien se encargará de ti, Oakley. Y me reiré muchísimo.

Maldición, me encanta escuchar el sonido de mi nombre en sus labios. Incluso si es sólo mi apellido.

—Tal vez tú deberías intentarlo.

No sé qué me hace decirlo. Sólo que anhelo alguna otra reacción de su parte. Más que cuando arroja esa melena brillante y gruesa de forma indiferente. La que quiero usar para tirar su cabeza hacia atrás. Para hacer que me muestre su garganta desnuda, aunque no tenga idea de qué significa la sumisión.

Quiero sus manos en mí, empujándome hacia atrás. Dándome todo lo que deseo darle.

Ella me mira con desprecio.

—Quizá lo haga.

Es probable que no esté coqueteando. Considerando su total desinterés por mí, esa sería una asunción tonta.

Pero mi miembro lo toma como si eso hiciera. Se levanta contra mi bragueta, y de pronto muero por saber cómo se sentiría tener esos labios hinchados alrededor de mi diámetro.

Me acerco e invado su espacio.

—¿Ah, sí? —Mi voz no es amenazante. Tiene un tono profundo y sugerente. Casi un ronroneo. La vuelvo incluso más grave—. ¿Qué harías?

Los chicos al otro lado de la mesada mantienen las cabezas bajas. Son transformistas, lo que significa que pueden escuchar cada palabra, pero nos están dando algo de privacidad. Dejan que Lauren crea que no pueden escuchar mis palabras susurradas.

Ahora que estoy cerca, su aroma a manzana entra por mis fosas nasales y me ponen el miembro aún más duro. Quiero morderle el cuello y descubrir cómo sabe.

Olvídenlo, quiero levantarla, sentar su trasero sobre la mesa del laboratorio, separar sus rodillas y probarla donde cuenta.

Ella me mira y sólo se mueve levemente al encontrarme tan cerca. Sus pupilas se dilatan, la primera indicación que he visto de que se siente atraída por mí. De que conoce alguna emoción. Mi lobo casi gruñe alto ante la victoria.

Si estuviera asustada ahora, sus pupilas se achicarían, y olería su miedo. Nuestros rostros están a centímetros, y ella no retrocede. Detecto canela en su aliento por el chicle que tiró al entrar a la clase.

Me complace que levante el mentón y se acerque más, casi como si fuera a besarme. O lo que es más probable, morderme. Es probable que quiera hacerlo, considerando lo pendejo que he sido.

—Si te dijera, —ronronea con el mismo tono sugerente— estarías preparado para eso —ella se aleja lo suficiente para ver todo mi rostro—. Y quiero que duela. —Sus ojos brillan como si la idea de provocarme dolor la excitara.

Antes de poder pensar, paso un brazo alrededor de su espalda y traigo su suave cuerpo junto al mío.

Ni bien vuelve a funcionar mi cerebro, espero que pelee como un gato montés. No lo hace. Se pone tensa, pero permanece en su lugar y rápidamente esconde su expresión de sorpresa en su rostro tan perfecto. Juraría que siento el aroma de excitación femenina.

Mi lobo ruge debajo de mi piel. De pronto, la necesidad

de transformarme es abrumadora, casi como si estuviera en el punto máximo de la pubertad cuando no puedes controlarlo.

—Suéltame, pendejo, —murmura, pero su voz no condice con sus palabras. Está sin aliento, y no hay enojo detrás de esas sílabas murmuradas.

La Srita. Miller, al notar la interacción, se acerca a la mesa de laboratorio, y de mala gana dejo de sostener a la deliciosa humana.

—¿Hay algún problema aquí? —Noto la advertencia en la mirada de mi profesora: *No te metas con humanos.*

Pero Lauren es quien responde.

—No, —dice feliz, parece que se recuperó de nuestro interludio—. Abe me está dando apoyo moral mientras hago el trabajo.

Es un desafío evidente para la Srita. Miller, quien no puede dejar de contestar.

—Abe, ayudarás a tu compañera de laboratorio compartiendo el trabajo. —Hay mucha más invitación que amenaza en la vez de nuestra profesora.

Asiento y me pongo las antiparras sobre los ojos.

—Por supuesto, Srita. Miller. Estoy aquí para aprender.

Ella y yo sabemos que no es verdad, pero lo acepta.

—Bien. —Se aleja y los chicos al otro lado de la mesa de laboratorio se ríen por lo bajo.

Los ignoro, sigo excitado por la pequeña humana altanera que piensa que puede conmigo. Dejo que mi mano se deslice levemente por su espalda alta.

—¿Qué puedo hacer para ayudarte, princesa?

* * *

Lauren

Mi corazón late descontrolado en mi pecho.

Es la primera vez que siento algo en mucho tiempo.

La sensación es odio.

Odio a Abe Oakley.

O sea, odio esta escuela, pero Abe Oakley es la personificación de todo lo que está mal y anticuado en este lugar.

Debería regresar a Manhattan con el resto de los Seis Bronceados, mis amigas de la Preparatoria Landhower. Con las que voy a San Bartolomé cada año. De las que me olvidé por completo desde que me mudé.

Pero en vez de eso me estoy ahogando en esta pecera extraña que es esta ciudad. La sensación de estar debajo del agua es real.

Pero supongo que la tenía incluso antes de que viniéramos. La tuve desde el momento en que le diagnosticaron cáncer de mama a mi mamá.

Sólo me sentí... *adormecida*.

Ni siquiera lloré en el funeral. No he llorado ni una vez.

Está mal y es extraño.

Algo está definitivamente mal en mí.

Entonces en realidad, el hecho de que Abe me genere *cualquier* sentimiento es un alivio al que le doy la bienvenida. El efecto que él tiene sobre mi cuerpo es inexplicable. Estoy muy acalorada, con un latido lento entre las piernas.

Tengo novio en Nueva York. Y tengo que terminar las cosas con él porque no siento absolutamente nada. Incluso antes de la situación de mi mamá, antes de perder la habilidad de sentir, Luke nunca me generó sentimientos como estos.

—Enciende el mechero y calienta la solución, —le ordeno.

Para mi sorpresa, el deportista obedece, pero con esa

sonrisa engreída firme en su lugar. Como si la única razón por la que me ayudara fuera para molestarme más.

Su arrogancia pretenciosa de algún modo logra penetrar la burbuja de plasma alrededor de mi cuerpo y conseguir una respuesta. Sobre todo de molestia.

Pero hoy, un poco más.

Sí me importa mi papá. Lincoln y yo estamos aquí por él. Después de casi perderlo también a él, no protestamos cuando decidió de forma abrupta que deberíamos vivir en la casa de vacaciones que había construido para mi mamá en Arizona.

No elegimos ir a Cave Hills, una escuela mucho mejor que está más lejos porque quería estar cerca para controlar su salud mental.

—¿Ahora qué, compañera? —Abe se para demasiado cerca. Desearía que no fuera un espécimen tan perfecto de masculinidad. No es que me gusten los deportistas. Para nada.

Pero es difícil ignorar la virilidad pura y masculina de Abe cuando está justo a mi lado. Es unos treinta centímetros más alto que yo y probablemente pese el doble porque su cuerpo está hecho de músculo sólido.

Músculo.

Sólido.

Lo sé porque acabo de sentir el relieve duro como una piedra de su pecho cuando mis manos volaron para empujarlo hacia atrás. Quizá haya memorizado los bordes de sus abdominales como tabla de lavar.

Me gustaría decir que nunca quise seguir las líneas exquisitas de la parte superior de sus brazos. Que nunca me pregunté si tiene seis u ocho abdominales. No se trata de cómo entrenas, es genético; aprendí eso en la clase avanzada de biología el año pasado.

Esa es la única razón por la que le devuelvo el favor de tocar su espalda. La toco como la de un niño y le digo de forma condescendiente «Buen trabajo, Abe» cuando hace hervir la solución.

Espero otra sonrisa relajada, pero su labio superior forma un gruñido que me hace alejar la mano. Fue una reacción instintiva. No le tengo miedo, pero algo acerca de esa mirada me sorprendió.

Como la mayoría de los matones, suele estar atacando. Es quien molesta a los demás.

Pestañeo, y ya no está. Esa sonrisa no vuelve, pero el rostro de Abe queda inexpresivo de alguna forma.

No estoy segura de cómo interpretar esa reacción. ¿Quizás Abe sea inseguro acerca de su inteligencia?

Decido seguir ignorándolo y haciendo el trabajo sola.

—Eres buena en esto, —dice después de que termine primera y la Srita. Miller venga a felicitarnos.

No es difícil. Ni siquiera es una clase avanzada; aquí no tienen una. Entonces me encojo de hombros.

—Supongo.

—Me ayudarás a estudiar para la prueba, —declara.

Niego con la cabeza.

—En tus sueños, jugador. Tengo mejores cosas que hacer que enseñarle química a tu trasero bobo.

La sonrisa de pirata regresa. Qué bueno que sea inmune a ella.

Qué bueno que tenga novio.

Con el que terminaré.

—Lo harás. Sólo tengo que encontrar tu punto débil. Todos tienen uno. ¿Entonces cuál es el tuyo?

Pero, ese es el tema, no tengo uno. Soy una adolescente que acaba de perder a su mamá. Nada más podría lastimarme ahora. Nada ni siquiera me afecta. Realmente no me importa un carajo nada más que mantener a nuestro papá con vida.

Abe me analiza.

—¿El placer? —Sus ojos grises recorren mi cuerpo de arriba a abajo con... ¿aprecio? ¿Calor? Es la primera vez que he visto algo que no sea arrogancia o desdén en ese hermoso rostro suyo—. ¿O dolor?

No sé por qué sus palabras me afectan físicamente. Y cuando digo físicamente, me refiero a, bueno, *sexualmente*. Mi centro se tensa y mis pezones se ponen duros. Partes de mí que ni siquiera sabía que existían cobran vida.

Las fosas nasales de Abe se agrandan y él se acerca un poco más.

—¿Hmm? ¿Cuál es? —Su voz es un ronroneo grave. Como miel en granos de café—. ¿O son ambas juntas? —Hay insinuación en su tono. Una mirada lasciva en su expresión.

Oh Dios. No hace nada para acallar el movimiento silencioso entre mis piernas.

No me siento atraída por él. Abe está tan lejos de mi tipo como es posible. Pero por alguna razón, todo mi cuerpo está encendido. Mi estómago cosquillea. El calor hormiguea por mi piel.

Nunca me sentí así por Luke, incluso antes de estar adormecida.

Quizá sólo sea que no he sentido nada por tanto tiempo que *cualquier* cosa me sorprende, pero tengo que dar un paso atrás.

Es bueno saber que no estoy realmente muerta, las sensaciones son realmente abrumadoras.

Pero Abe no me da espacio. Vuelve a acercarse y acorta el espacio entre nosotros.

—Probamos ambos. —Aleja un mechón de mi cabello de mis antiparras. Me alejo de su caricia, y él sonríe.

Le devuelvo la sonrisa. Una sonrisa falsa en la que intento transmitirle todo el odio que tengo por esta escuela, esta ciudad, y por Abe.

—Vuelve a tocarme y acabaré contigo, Abe Oakley, —digo con un tono suave y sugerente.

Por un momento, juraría que sus ojos grises toman un brillo extraño. Se vuelven más claros, casi azules.

No le tengo miedo, pero me da escalofríos.

Para disimular, alejo la mesa del laboratorio de química, tomo el pase junto a la puerta y salgo de la sala.

Siento una mirada de rayo láser en mi espalda todo el tiempo, incluso después de desaparecer de su vista. Una vez que puedo respirar con libertad otra vez, pienso por qué no le digo a Abe que tengo novio. Si este es su intento patético de coquetear, saber eso debería hacer que se aleje.

No estoy manteniendo mis opciones abiertas para cuando termine con Luke, una tarea que he estado posponiendo por semanas.

No es por esos abdominales de tabla de lavar o por esos hombros anchos. Esa sonrisa de pirata.

Definitivamente no es porque disfrute su atención.

Es probable que ni siquiera merezca saber esa información personal mía.

Sí, diré que es por eso.

Capítulo tres

be

El aroma de la excitación de la humana me afiebra.

La princesa de hielo no es frígida.

Sentí su excitación hoy en clase cuando sugerí darle placer. ¿O fue la promesa de dolor?

Es difícil saber qué causó esa reacción; todo lo que sé es que le dio satisfacción a mi lobo y aumentó mi necesidad de dominarla.

Por eso apenas puedo contener a mi lobo durante la práctica de fútbol. Necesito transformarme y correr para gastar esa energía desmedida.

—¡Oakley! —Grita el entrenador Jamison cuando agarro la pelota y me tiro en el campo, tirando a mis compañeros de equipo en el camino. Cuando cruzo la zona final, salto unos tres metros en el aire para pasar la pelota.

—Cálmate, Abe, —gruñe el entrenador Jamison. No se supone que mostremos nuestra fuerza sobrehumana en la escuela o durante ningún partido. Pero no puedo evitarlo, maldición. La Princesa de Hielo me está afectando.

Lo que me crea la necesidad de molestarla a ella. Estoy muriendo por saber cuáles son sus puntos débiles. Qué hace caer su fachada de altanera.

Quiero lastimarla. La forma en la que respondió su cuerpo cuando mencioné la combinación de placer y dolor hace que mi mente ahora siga un camino perverso.

Mis compañeros de equipo, siguiendo mi nivel de energía y respondiendo al alfa, se arrojan en mi camino e intentan hacer una pila sobre mí.

Los cuerpos vuelan por el aire y chocan contra mí. Los golpeo y arrojo, pero todo el equipo trabaja en conjunto y pronto estoy tirado, sostenido por una docena de compañeros que ríen.

Cosa de chicos, como se dice. La agresión de los lobos machos tiene que salir de alguna forma. Sobre todo en la secundaria cuando las hormonas y las mujeres nos enloquecen.

—*Oakley*. —Es Wilde, el mejor amigo de mi hermano mayor y nuestro nuevo asistente de entrenador. Es dos años más grande que yo. Respondo a su autoridad más que a la del entrenador, por algún motivo. Quizá sea porque mi hermano es como un dios en casa, así que Wilde, por asociación, representa lo que se supone que aspire ser.

Nunca podré alcanzar a Austin con sus notas perfectas y beca académica en ASU, pero Wilde es aún mejor. Obtuvo una beca de fútbol para Duke, pero regresó a casa porque lo arruinó todo, y por eso está aquí ayudando al entrenador en este momento.

El entrenador Jamison y el Alfa Green piensan que yo podría ser incluso mejor que Wilde. Por supuesto, mi papá quiere que juegue en el estado, así podrá controlar si mi condición empeora. Volveré a estar viviendo bajo la sombra de Austin allí, el hermano con el defecto que tiene esconderle a la manada.

Pero quizá la princesa de hielo tenía razón; no podría fingir en la universidad sin miembros de la manada a mi alrededor para manipularlos. Mi defecto sería mi perdición, sobre todo si fuera a una universidad académicamente rigurosa.

Wilde me levanta y me muestra los dientes.

—Deja de jugar, Oakley. Sabes lo que es correcto.

Le dedico una sonrisa tierna, pero no me mira. Su cabeza voltea, e incluso con mi defecto puedo ver lo que observa.

Rayne la enana, la nueva hermanastra de Wilde, está caminando junto a la cerca con la princesa de hielo y su gemelo.

Mi miembro se despierta al ver las piernas esbeltas de Lauren. Toda esa piel dorada a la vista. Lleva una falta rosa corta y un top que cruza por sus pechos, muestra piel a los lados de su cintura. Aunque no puedo ver con claridad desde aquí, recuerdo cada maldito detalle de exactamente cómo lucía con ese atuendo en Química hoy.

Un gruñido grave resuena en la garganta de Wilde, y sus fosas nasales se agrandan.

Me obligo a dejar de mirar fijo a la princesa de hielo. No puedo permitir que nadie crea que me atrae una humana. Tengo que proteger mi posición como alfa de la clase.

—A la enana le gustan los humanos, ¿no? —Bromeo para distraer el foco real de mi atención.

El cuerpo de Wilde se pone rígido, su mirada sigue en el trío.

—Cállate, Oakley, —gruñe.

Sí, no sé por qué imaginé que nos volveríamos cercanos. Por supuesto, no confiará en mí para decirle cómo se siente por de repente tener a la enana de la manada como miembro de su familia, sin mencionar su suspensión actual del equipo de fútbol de Duke mientras lo investigan por cargos de drogas.

Puede ser mejor amigo de Austin, puede que haya prácticamente crecido con él viviendo en mi casa, pero eso no significa que tengamos un lazo.

Los tres caminan hacia el Tesla S de los Gemelos Maravilla y entran.

—No pertenecen aquí, —noto, como si eso fuera lo que me molestara.

Es un tren que puedo seguir, marginalizar a los chicos ricos que se creen dueños del mundo y llegan a nuestra escuela completamente ignorando el orden social. Creen que son especiales porque tocan música y viven en la mansión de la colina y conducen un coche eléctrico cuando en realidad son lo más bajo de lo bajo de esta ciudad.

Humanos.

Básicos. Frágiles. Nada.

Debería estar interesado en Casey Muchmore, la loba alfa de la última clase. Mi lobo debería querer procrear con ella para preservar los mejores genes. Pero en vez de eso, está siguiendo a una chica que no puedo tener.

Y con mi defecto, necesito a la chica más óptima de la manada como mi pareja.

Cuando el coche se aleja, Perla baja la ventana y su cabello castaño oscuro vuela hacia atrás. No puedo ver su rostro, pero juraría que me está mirando.

Quizás esté pensando en mi amenaza.

Se esté preguntando cómo la haré sufrir. Y cómo le daré placer.

Sé exactamente cómo la quiero: de rodillas. Con el rostro hacia arriba, boca abierta para mi verga.

Quiero que se arrepienta de haber venido aquí.

Que se arrepienta de no haberse arrodillado antes para mí.

Quiero... hacérselo, sí. Quiero que esté boca arriba, con los muslos abiertos, la cabeza hacia atrás, gritando mi nombre. Quiero que esté necesitada y mojada y retorciéndose debajo de mí por más. Quiero ser el tipo, el único tipo, que le dé placer. Asegurarme de que sepa que soy el dueño de su cuerpo y que ella necesita complacerme si quiere más.

Wilde finalmente gira y me empuja.

—Muévete, Oakley.

Niego con la cabeza para quitarme las imágenes de Lauren que llenan mi mente de la cabeza. ¿En qué estoy pensando?

Ella es humana, y yo soy el alfa de la escuela. Ni siquiera debería darle la hora a la princesa de hielo.

Ni para probarle que soy su rey.

* * *

Lauren

—Hola, pa.

Cuando llegamos a casa del colegio, encuentro a mi papá como siempre, en su oficina, mirando por la ventana hacia la nada.

Entro y beso su mejilla.

—¿Cómo estuvo tu día?

Cuando voltea, hay tanta miseria en su expresión que si no estuviera tan adormecida, me destruiría. Mi papá ha envejecido veinte años en su apariencia desde que mi mamá empezó la quimio hace dos años.

Derrocha dolor y depresión.

Apenas funciona. Llora de buenas a primera.

—¿Comiste el almuerzo que te dejé?

—Sí. Gracias, cariño.

Me doy cuenta de que miente. Suele comer dos bocados y tirar el resto. Es difícil lograr que haga lo básico de la vida: comer, ducharse, trabajar.

Tenemos suerte de que fuera financieramente exitoso antes de la enfermedad de nuestra mamá o ahora mismo estaríamos jodidos. No creo que haga nada en todo el día.

El viernes es el aniversario de la muerte de mi mamá. Es difícil creer que haya pasado todo un año desde que respiró por última vez.

Es difícil creer cuánto dolor rodea a nuestra familia. Mudarse a Arizona para sentirnos más cerca de ella ciertamente no ayudó en nada. Todo lo que hizo fue aislarnos de nuestros amigos. Volvernos incluso más solitarios.

Pero entiendo que mi papá necesitaba un cambio. Cree que encontrará la energía de mi mamá aquí. Ella era la que amaba Wolf Ridge. Siempre se sintió muy atraída por la naturaleza de Arizona por alguna razón totalmente incomprensible para el resto de la familia.

—Compré un arma.

Se me para el corazón.

—¿*Qué?*

Sospechamos que mi papá intentó suicidarse después de la muerte de mi mamá. Hubo un «accidente» con pastillas para dormir y whiskey escocés que terminó con un lavaje de estómago. Cuando salió del hospital, planeamos mudarnos aquí.

Mi papá señala hacia una esquina, donde veo una escopeta parada.

—Por el lobo rabioso que intentó atacarte. Pesca y Recreación no lo ha matado. Mataré a esa maldita cosa yo mismo.

—Pa, Pesca y Recreación puede encargarse de eso. No me gusta la idea de que tengas un arma.

Para nada.

Me suena el teléfono.

—Atiende, —dice mi papá—. Debe ser Luke.

Luke.

El novio con el que necesito terminar. Hoy. Hoy es el día.

No tiene nada que ver con que Abe me haya hecho sentir algo en la clase de química. Esto debería haber sucedido antes de mudarnos aquí.

Él me llama todos los días, ni siquiera sé por qué. No es que me extrañe. Me doy cuenta por su Insta y por todas las conversaciones unilaterales que su vida social es activa e interesante. Creo que sólo se queda conmigo porque mejora su reputación. Era la reina en Landhower. Quizá piense que volveré. No lo sé.

Aunque hablamos casi todos los días, no puedo recordar si alguna vez me importó él. Parece que sólo estamos juntos porque se suponía que lo estuviéramos. Porque yo era popular y él también. Ambos somos lindos. Tenemos los mismos círculos. Lo suficientemente bueno, ¿verdad?

Cuando se enfermó mi mamá, perdí el interés en todo, incluido él, pero no pareció importarle.

Muevo el pulgar por la pantalla para responder mientras giro para salir de la oficina de mi papá.

—Ey, Luke. —Me dirijo a mi habitación y me tiro en mi cama.

Nuestras conversaciones se han vuelvo más y más cortas. Literalmente no tengo nada que decirle a este tipo. Ni siquiera puedo recordar la imagen de su rostro en mi mente.

—¿Cómo anda todo? —pregunta.

—Otro día en el desierto. —Mi voz es tan seca como el polvo afuera.

—¿Sí? —dice como si realmente hubiera dicho algo interesante—. Hoy faltamos a clase. Todos nos escapamos en el almuerzo y fuimos al centro a ver la nueva muestra en el MOMA.

Podría garantizar que a nadie en Landhower realmente le interesa ver la nueva muestra en el MOMA. Sólo hacen lo que está de moda y es caro.

—¿Cómo estuvo?

—¿A qué te refieres? Luke comprueba mi teoría.

—¿Cuál fue la muestra?

—Ah, no lo sé; me quedé en el café con Breon y Tahlia. ¿Hablaste con Lincoln sobre venir aquí para el Baile de bienvenida?"

Mierda. Otra vez con esto.

—Luke, te dije que no puedo. Mi papá todavía no está bien.

—Lincoln estará allí para cuidarlo. Tienes que venir; tengo un nuevo traje Armani y lucirá genial contigo en mi brazo.

La insistencia de Luke no traspasa ni una capa de mi indiferencia emocional.

Sospecho que eso mismo es lo que lo mantiene interesado en mí. El hecho de que no me importe él ni nosotros lo hace creer que soy incluso más especial. Que vale más la pena quedarse conmigo.

Cuando de hecho, la verdad es lo opuesto.

No tengo absolutamente nada que ofrecerle a este tipo. Soy una carcasa vacía.

—Escucha, no iré. Creo que deberíamos terminar.

—¿Qué? ¿Por qué? Pensé que habías dicho que nadie valía tu tiempo en Scottsdale.

—Wolf Ridge. —Este tipo ni siquiera recuerda el nombre de la ciudad en la que vivo—. No hay nadie. Pero no tiene sentido que tú y yo sigamos juntos. Deberías invitar a alguien más al baile.

—Bueno, lo haré. Pero no terminemos todavía. Iré allí para tu baile de bienvenida y podemos hablarlo.

Pienso en Abe y su insistencia de ponerme en la votación del Baile de bienvenida. No entiendo por qué todos están tan obsesionados con este estúpido baile.

—No iré al Baile de bienvenida aquí.

—Ya les dije a todos que iríamos juntos. Y compré el traje.

Dios. Realmente no me escucha.

—No iremos. No quiero hacerlo.

—Lauren, hemos estado juntos dieciocho meses. Al menos puedes tener la cortesía de terminar conmigo en persona.

Uf. Eso probablemente sea real. Sé que me volví un zombi en todas mis relaciones. Sí le debo a Luke más que lo que le he dado. Por eso insistió en que empezáremos a tener sexo.

Mi mamá estaba en medio de su quimioterapia y mi papá era un desastre. Luke dijo que estaba ausente. Dijo que una conexión humana real, teniendo sexo, podría solucionarlo.

Pensé que perdería la virginidad tarde o temprano. Pensé que podría tener razón. Hicimos lo que había que hacer, pero no significó nada para mí. Ahora veo que ya estaba perdiendo mi habilidad de sentir en ese momento.

Lo que hace que el efecto que tuvo Abe en mí hoy sea más inusual.

Suspiro.

—Bien. Es una semana después del sábado. Dime cuándo planeas viajar y te recogeré en el aeropuerto.

—Genial.

—Bueno, tengo que ir a estudiar a la biblioteca. Hablamos después.

—Muy bien. Dile a Lincoln y a tu papá que dije hola.

Lo dice cada vez. No me molesto en pasar el mensaje.

—Sip. Adiós, Luke.

—Adiós, amor.

Corto la llamada y arrugo la nariz. Odio todo el plan. Pero no es que vaya a tener sexo con Luke cuando venga. O que haya querido ir al baile con alguien más.

Vendrá para que pueda terminar con él en persona. Puedo aprender lo que es cerrar algo, algo que no puedo encontrar desde la muerte de mi mamá.

Me acerco a la ventana y miro hacia afuera. El sol se está poniendo y crea un tono rosado sobre la ladera rocosa. Apoyo la frente contra el marco de la ventana. Un pájaro se asusta en uno de los árboles y miro hacia allí.

Sentado en sus patas traseras al borde de nuestra propiedad hay un lobo plateado. El mismo maldito lobo que casi me arranca la garganta anoche.

Capítulo cuatro

Abe

Lauren está ausente el viernes, lo que realmente me molesta.

¿Está enferma? Los humanos son tan frágiles, maldición. Su gemelo también está ausente. Ambos podrían estar enfermos. O quizá se fueron de viaje. Cualquiera sea la razón, me hace querer destrozar el laboratorio de química.

Me gustaría decir que es sólo porque la necesito para aprobar esta maldita clase. Si no apruebo esta semana, no podré jugar en el juego de fútbol de mañana y el entrenador Jamison y mi papá realmente me asesinarán.

Pero la verdad es que ni siquiera me interesa el laboratorio. Mi lobo está ansioso por verla. Necesito llenar mis fosas nasales con su aroma a manzana caramelizada y canela. Está aullando al pensar que podría estar enferma.

Como si fuera a apresurarse hacia la mansión Sterling y salvarla de algún modo.

Las luces fluorescentes titilan en el laboratorio de química y me provocan un dolor punzante en las sienes. Observo la ficha informativa del laboratorio que entregó la

Srita. Miller e intento concentrarme. Hacer que tenga sentido. Pero mi mirada no puede seguir las palabras desde la periferia. Veo las letras, pero están mezcladas.

Mierda.

Pienso en Lauren otra vez, y mi visión se vuelve un caos, una nube oscura en todo menos los bordes.

Muevo la cabeza con fuerza.

Laboratorio de química.

Tengo que aprobar esto o no podré jugar mañana.

Miro al par de estudiantes al otro lado de la mesa del laboratorio. Son miembros de la manada. Me ayudarían si se los pidiera.

Pero eso mostraría debilidad. Se preguntarían por qué no sé qué sucede.

Decidimos en octavo grado que nunca dejaría que nadie de la manada descubriera mi debilidad. Mi papá no quería que se descubriera ninguna mancha en nuestro linaje.

Así que me muevo de forma mecánica, ordenando las piezas que ponen los chicos al otro lado de la mesa, copiando sus movimientos.

Entonces me doy cuenta de la respuesta. Es la táctica que siempre uso cuando tengo que disimular mi debilidad.

Ser un idiota.

—Ey, Newt. —Muevo la cabeza hacia el chico al otro lado de la mesa del laboratorio—. Hoy serás mi compañero de laboratorio. Ven aquí y haz esto por mí.

Su cuello se pone rojo, si es por enojo o sólo por la atención de su rey alfa no está claro. De cualquier forma, hace lo que le digo y se acerca al otro lado para encargarse de todo.

Me inclino contra la mesa del laboratorio y saco el teléfono, finjo que lo miro, aunque no puedo ver ninguna maldita cosa ahora mismo.

Maldita Lauren Sterling.

Está empeorando mi defecto. Y ahora no sé cómo pasaré las horas hasta que termine la práctica y pueda transformarme y seguirla de nuevo. Descubrir qué carajo estaba tan mal que tuvo que faltar un día a la escuela y joderme así.

* * *

Lauren

El problema de tener un gemelo es que siempre se meten en tus cosas.

Sobre todo hoy, el aniversario de la muerte de nuestra mamá.

Nos sentimos como unas malditas flores frágiles en la casa Sterling por la fecha. Lincoln y yo nos quedamos en casa para mostrarle solidaridad a nuestro papá. Ahora que he estado todo el día adentro haciendo absolutamente nada, me estoy arrepintiendo de esa elección.

Pero no quiero anunciar que necesito tiempo a solas. Se siente egoísta.

Lincoln y mi papá se preocuparían por mí si lo hiciera.

Entonces, después de cenar, me escapo por la puerta trasera sin decirles nada, esperando que le lleve más de diez minutos a Lincoln darse cuenta de que me fui.

Nuestra nueva casa es gigantesca a comparación de la que teníamos en Nueva York. Es una mansión construida dentro de los pies de una colina. Todavía no me acostumbro al terreno. Los marrones y cafés. Las rocas y el polvo. El calor de Arizona parecido al de un sauna.

Es septiembre, y los días todavía siguen en los treinta y pico. Supongo que el calentamiento global ha afectado a Arizona de forma vengativa. No puedo soportarlo mucho más. Me desabrocho y desato la parte inferior de las mangas cortas de mi camisa de lino y hago un nudo en mi barriga.

41

Subo por el lado de la montaña, sin seguir ningún camino. La yuca me raspa los gemelos. La tierra y la grava entran a mis Vans, que desafortunadamente estoy usando sin medias.

El sol está empezando a ponerse, baña las laderas con tonos naranjas y amarillos. Las espinas blancas de los cactus toman un brillo iridiscente.

Cuando llego a una creta en la colina, miro hacia abajo a la casa, y luego a Wolf Ridge más allá.

Maldita ciudad extraña.

Pero Wolf Ridge y sus habitantes poco amistosos no valen mis pensamientos esta noche.

Subo por la meseta, así puedo seguir subiendo. No soy senderista, no como nuestra mamá. No suelo salir a estar en contacto con los saguaros al atardecer.

Pero ella lo hacía. Amaba Arizona porque su mamá también lo hacía. Algo relacionado a un viaje formativo al Gran Cañón después de que mi abuela se graduara de Sarah Lawrence. Y entonces hoy estoy intentando encontrar la magia que ambas sintieron aquí.

Estoy desesperada por conectarme con mi mamá. Por sentir algo. Lo que sea, dolor. Duelo. Soledad. Algo que no sea adormecimiento.

Subo el risco. No hay un sendero que seguir. Probablemente debería tener miedo de perderme aquí, pero no. Supongo que ahora mismo estoy poniendo a prueba mi suerte.

Dame algo que temer.

Haz que sea real.

Muéstrame que sigo viva y que me importa vivir.

No es que sea suicida como mi papá.

Eso requeriría que en realidad me importara esta vida. No me importa.

No puedo lograr que me interese algo.

A la media hora de caminar, llego a una cornisa donde la piedra cae unos 12 metros hacia el cañón que está abajo.

En los árboles a mi derecha, creo ver movimiento, pero cuando miro no hay nada allí. Recuerdo al lobo que intentó atacarme por la ventana. He tenido esta sensación por semanas de que hay algo allí. De que me persiguen.

Mi papá tiene miedo de que el lobo tenga rabia. Sigue llamando al Departamento de Pesca y Recreación preguntando si ya lo han matado.

Una culpa persistente me recorre. No le temo al ataque de un lobo, pero si algo me sucediera aquí afuera en el aniversario de la muerte de mamá, eso mataría a mi papá y a Lincoln.

Me siento cruzada de piernas en la cornisa y saco una carta escrita a mano de mi mamá. Ella nos escribió una a cada uno para ayudarnos a lidiar con su muerte. Para recordarnos que nos amaba. Releo sus palabras.

Hagan mi duelo juntos. Apóyense el uno al otro. Cuando los tres estén listos, me gustaría que desparramaran mis cenizas en las laderas de la residencia de Arizona; hagan que ese sea un lugar especial y sagrado en el que puedan recordarme. La tierra y la luz siempre se sintieron mágicas para mí allí. Dejen que sea un lugar donde puedan encontrarme cuando necesiten conectarse. Pero sepan que sin importar dónde estén, siempre estaré con ustedes. Nunca lo duden.

Yo sí lo dudo, maldición.

Ni siquiera sé si creo en algo después de la muerte.

Y si lo hiciera, ¿yo sería digna de la promesa de mi mamá? ¿Una hija que ni siquiera pudo llorar en su funeral?

Releo su carta e intento sentir algo.

Cierro fuerte los ojos. En algún lugar, muy debajo de la superficie, siento *algo*. Una intranquilidad.

Arrugo la cara como si estuviera llorando, espero poder traerlo a la superficie. Quizá si finjo llorar, saldrá.

Nada.

Mierda.

Soy la peor hija del mundo.

Apesta apestar, como diría Lincoln.

Me paro y miro por el borde del precipicio. Esto debería asustarme.

No hay una respuesta biológica ante la amenaza de muerte. No se acelera mi pulso o mi respiración. Ni me transpiran las manos.

Me asomo por la cornisa.

Todavía nada.

Por el amor de Dios, ¿qué carajos me sucede?

Saco un pie por la cornisa y lo sostengo adelante como si fuera a saltar de un trampolín.

En la periferia, veo un destello plateado. Giro para encontrar un lobo enorme, el lobo, saltando en el aire hacia mí.

Grito cuando aterriza con patas silenciosas frente a mí.

Mis brazos hacen un molinete, pero es demasiado tarde; el equilibrio de mi peso está inclinándome por el acantilado. Estoy cayendo...

Cayendo...

La mandíbula poderosa del lobo se cierra y atrapa el nudo de mi camisa.

Genial. En vez de golpearme hasta morir ahí abajo, me comerá un lobo.

Pero no, mi camisa se rompe.

Me doblo a la mitad, tratando de tomar el borde del risco mientras mi trasero cae hacia abajo.

Parece que escojo ser comida por un lobo contra caer porque mis manos se agitan y buscan la nuca del lobo, mis dedos toman su pelaje.

Mis dedos se cierran sobre...

Mis pies cuelgan en el aire, pero no estoy cayendo.

Estoy suspendida por el borde del precipicio, colgando de un brazo que sostiene con toda su fuerza...

Abe Oakley.

Espera... ¿qué?

Un Abe Oakley sin camiseta.

¿De dónde salió? ¿Me desmayé? ¿Qué carajos está pasando?

Y luego todo tiene sentido.

Porque Abe abre la boca y el pedazo roto de mi camisa sale volando de su mandíbula.

Abe Oakley es un lobo.

Me levanta por el borde del precipicio, me lleva sobre él, y ambos movemos nuestros cuerpos, así que estoy debajo y él arriba.

Y entonces me doy cuenta...

Abe está *totalmente* desnudo.

O sea, supongo que eso tiene sentido.

El lobo no llevaba ropa. Y definitivamente era, *es*, el lobo.

Lo miro sin entender.

No tengo miedo, pero no es porque siga inerte.

Por el contrario, por primera vez en un año, siento *todo*.

El susurro de la brisa caliente sobre mis mejillas. El latido rápido de mi corazón contra el pecho de Abe. La sensación de emoción. Hasta de gloria.

No morí.

Me importaba vivir, realmente tuve miedo por un momento, pero sobreviví. Y se siente *fantástico*.

La sensación de estar viva. De tener esta experiencia increíble que no se puede explicar. De...

Espera. ¿Quizá sí morí? Morí, y esto es algún tipo de sueño alocado del más allá donde mi subconsciente produjo a un lobo que resulta ser Abe Oakley.

—Mierda. —Los ojos de Abe están bien abiertos y su mirada va hacia mi cara, horrorizada. Se aleja—. Mierda, mierda, mierda.

Bueno, sí. Esto parece real. Abe haría esto. Pero, a diferencia de Abe, está tan preocupado por encontrarse desnudo sobre mí como yo lo estuve por tener un lobo intentando morder mi diafragma.

Pero no, eso no fue lo que sucedió.

—Me salvaste, —me doy cuenta. Él no mordió mi piel; tomó mi camisa. Intentaba evitar que cayera por el precipicio.

Abe se apresura en pararse y me mira fijo. Su cuerpo es más hermoso que el David de Miguel Ángel, sus músculos perfectamente tonificados, su verga muy impresionante parada como un mástil. Su garganta funciona.

—Sí. Yo... te salvé del lobo.

Pestañeo. Su voz tiene el timbre de alguien que intenta contar un cuento. Como si intentara hacerme creer que no es el lobo. Para ayudar a darle forma a una situación inexplicable y transformarla en una que encaje con la realidad.

Excepto que está desnudo. Y que vi cómo el nudo de mi camisa cayó de su mandíbula. Así que no, no compraré lo que vende.

—No, Abe. *Tú* eres el lobo.

* * *

Abe

—Mierda. —Me limpio la boca con el reverso de la mano.

Estoy tan jodido.

Estoy *más* que jodido.

Esta humana es el tormento de mi existencia.

Mi miedo por ella, ese terror al verla dar un paso hacia el precipicio, sigue latiendo en mis venas. La única forma de salvarla fue volverme a convertir en humano, y ahora me ha visto.

Sabe mi secreto.

He roto la ley de la manada.

La miro mal.

—¿Qué carajos estabas haciendo? —La adrenalina me da una voz firme. Mis ojos deben estar cambiando de color porque mis párpados se agrandan y su boca queda abierta—. Eres el lobo que intentó atacarme por la ventana la otra noche.

—No estaba atacándote. Yo... —intento ser yo quien haga preguntas—. ¿Por qué ibas a saltar?

Es difícil imaginar que esta chica rica y altanera sea suicida, pero eso fue lo que vi. Literalmente estaba dando un paso hacia la cornisa.

Tenía que hacer algo.

Ella se sienta e intenta acomodar los bordes estropeados de su camisa abotonada para cubrir el sostén color melón-rosado. No puede. Le rompí esa camisa casi hasta las axilas.

Intento no mirar a la piel desnuda de su barriga. Ya estoy bastante fuera de control.

—No iba a saltar.

No huelo que mienta, pero hay una pesadez en ella que

no había notado antes. Me tomaba muy por sorpresa mi reacción ante su olor y su cuerpo, estaba demasiado molesto por su actitud altanera para darme cuenta de que puede ser infeliz.

¿Pero lo suficientemente infeliz como para lanzarse de un acantilado? ¿O para considerarlo? Eso no parece ser correcto.

Le ofrezco la mano porque dejar que una mujer se siente en su trasero no es muy de caballero. En parte espero que la golpee, pero pone su palma sobre la mía.

Por costumbre, modulo mi fuerza para fingir que no puedo simplemente levantar su peso con total facilidad; entonces recuerdo que es demasiado tarde para eso.

Es demasiado tarde, y necesito solucionar este problema rápido.

A mitad de camino, cambio de curso, paso el hombro para que encaje con su cadera y la levanto totalmente en el aire.

—¡Abe! —grita mientras su torso cuelga por mi espalda—. ¿Qué carajos?

Estoy seguro de que no aprecia la vista de mi trasero desnudo o de que la toquen así. Sé que está mal, ¿pero qué otra cosa podía hacer?

Salgo corriendo e intento mantener un ritmo suave, así no haré que mi cautiva rebote demasiado.

Ella me golpea el trasero desnudo.

—¡Abe! ¿Qué estás haciendo? ¿Adónde me estás llevando?

No respondo. No puedo explicar lo que le sucederá ahora, y hacerlo sólo la traumatizaría más. Es probable que lo mejor a estas alturas sea mantener la boca cerrada hasta que haya solucionado esto.

Con lo que no cuento, con lo que nunca cuento, es con que Lauren me haga enloquecer.

Ella vuelve a golpearme el trasero, luego toma una de mis nalgas y la aprieta fuerte, clava las uñas en mi piel. Podría haber sido capaz de soportar la tortura de tener sus manos en mi piel desnuda si no fuera porque el aroma de su excitación florece justo al lado de mi nariz.

Antes de poder pensar, un gruñido de lobo sale de mis labios y volteo la cabeza para hundir los dientes en su muslo.

¡Oh, mierda!

Por suerte, mis caninos se chocan con la tela de sus pantalones cortos de denim, no con su piel. Agujereo las fibras de algodón, pero me detengo antes de perforar su piel.

Oh, destino. *Esa fue una mordida de apareamiento.*

Acabo de intentar *marcar a una humana.*

Una humana que ni siquiera conozco o que me gusta.

¿Qué me sucede? ¿Mi lobo enloqueció?

—¿Qué estás haciendo, Abe? —Lauren patalea, pero el aroma de su excitación sólo se vuelve más fuerte. Esta chica va a acabar conmigo. Es como si estuviera al revés de lo esperable, y entre peor la trato, más se excita.

Quizá sea una de esas mujeres a las que las excita el dolor o la humillación. El BDSM o como sea que lo llamen.

Los humanos son tan perversos, maldición.

Pero mi intento de tratarla con desdén sólo dura dos segundos antes de estar totalmente decidido a darle lo que sea que quiera. Lo que sea que la excite. A descubrir cómo presionar sus botones de diferentes maneras.

Me encantaría aprender cómo hacer que Lauren Sterling grite de placer. Chille con dolor. Tiemble con tentación y necesidad. Torturarla como me ha estado torturando desde el primer día de clases.

Por supuesto, no lo haré. No tomo mujeres sin su consentimiento, ni aunque estén excitadas. Sólo porque su cuerpo quiera algo de mí no significa que *ella* lo quiera.

Lauren rasguña mi espalda, me muerde al costado. Sigue pegándome en el trasero. —¡Suéltame, Abe! ¡Bájame!

Corro por la meseta hasta llegar a la cabaña de mi familia. En el medio de nuestras tierras de caza, está el lugar al que voy después de cenar para desvestirme y transformarme. También es donde mi hermano y sus amigos traían mujeres cuando estaban en la secundaria para...

No, no puedo pensar en eso.

Lauren no quiere eso de mí.

—¡Abe! —Hay algo de preocupación real en su voz y eso molesta a mi lobo.

Lo molesta lo suficiente como para necesitar calmarla.

—Relájate, princesa. —La inclino hacia abajo para pararla en el porche mientras tomo la llave que está encima del marco—. No te lastimaré.

Ella no corre. Quizá esté demasiado alarmada por mi comportamiento. Dudo si es porque confía en mí o por lo que acabo de prometerle. Ella me mira fijo mientras abro la puerta de la cabaña y entro para tomar mi ropa.

—¿Por qué me trajiste aquí? —Me sigue hasta la puerta y se para en el medio, ni adentro ni afuera. El rosa y violeta del atardecer que se desvanece hacen que el cielo detrás de ella brille, dándole una iluminación del aura de una diosa.

No respondo, pero me pongo unos bóxeres y unos pantalones cortos. Estoy agradeciéndole a la dulce luna que todavía no se haya ido corriendo.

No porque esté excitada por mí. Eso no puede ser.

Es probable que quiera respuestas sobre lo que acaba de ocurrir. Me transformé justo frente a sus ojos. *¡Mierda!*

Tuve que hacerlo o habría caído a su muerte allí abajo. La idea todavía me revuelve el estómago.

Pero ahora, tengo que hacer lo impensable. Tengo que hacer que le borren la mente.

Me encojo de hombros mientras me pongo una camiseta y camino rápido a la cocina para tomar cinta del cajón de misceláneos.

—Realmente lo siento por esto. —Me acerco a ella, estirando la cinta del rollo.

Ella se da cuenta rápido, muy inteligente, ya lo sabía por la clase de química. En un segundo, sale corriendo por la puerta pero no puede contra mí.

La agarro en un par de zancadas largas y paso mi brazo por su cintura para pararla.

—No te asustes, princesa.

Es difícil describir lo satisfactorio que es presionar mi boca contra su cuello; la seda de su cabello oscuro y cobrizo cayendo contra mi mandíbula. Su aroma a manzana acaramelada me la pone dura de nuevo.

—No te lastimaré.

Ella mueve los brazos y lucha contra mí; sus uñas se clavan en mi antebrazo.

—Me *estás* lastimando, —miente.

—Sé que no es así. Si dejaras de luchar, podría bajarte.

Ella se queda inerte de inmediato. Ni bien la pongo en el suelo, intenta salir corriendo otra vez.

Le pego en el trasero.

—No quiero hacer esto.

Sólo es cierto en parte. La satisfacción de levantarla, llevarla al sofá y ponerme encima de su cadera para sostenerla es demasiado deliciosa como para negarlo. Tomo sus muñecas y las sostengo juntas para poner la cinta a su alrededor.

—¿Qu-qué estás haciendo?

* * *

Abe

Huelo el miedo real en Lauren ahora, y casi me deja sin aliento. Mi lobo está enloqueciendo; quiere que la calme.

Quiero abrirle las piernas y ocuparme de sus otras necesidades. Del tipo que incluyen hacer que diga mi nombre en un grito ahogado de placer.

Pero ninguna de esas cosas puede suceder ahora.

Envuelvo la cinta lo más rápido y mejor que puedo.

—No te asustes, Lauren. O sea, por supuesto, te asustarás porque estoy atándote las muñecas y los tobillos, pero te juro por el destino que no te lastimaré. Sólo no recordarás lo que te sucedió esta noche.

Es lo peor que podría decir, aparentemente.

Lauren se vuelve loca y me golpea con la cabeza. No duele, pero sus ojos se llenan de lágrimas, lo que destruye a mi lobo. La siento y me pongo cerca de sus pies para encintar sus tobillos mientras me golpea la cabeza y los hombros con sus manos atadas.

Termino de encintarla y tomo sus muñecas.

—Ey, —le digo con suavidad, como si estuviera calmando a una yegua asustada—. Eso no me lastima. Sólo te lastimas a ti. —Presiono sus manos sobre su falda—. Estarás bien, Perla. Lo prometo. —Ni siquiera estoy seguro de que mi promesa sea verdad. O sea, ¿qué sé yo sobre borrarle la memoria a una humana? Nunca conocí a un vampiro, mucho menos contraté a uno para encargarse del desastre que hice.

Si no lo hubiera arruinado todo hoy y me hubiera mantenido lejos de Lauren Sterling, podría arriesgarme a un castigo y llevarla ahora con el alfa. Pedirle que solucione el desastre que creé y confiar en que lo haría bien.

Pero esa no es una opción. Eso haría que me echaran de la manada. Y ser expulsado para una especie como la nuestra es la condena a una vida que no vale la pena vivir. Sólo pregúntenle a Asher, cuyo padre fue expulsado cuando sólo tenía diez.

Escucho que suena algo en el bolsillo trasero de los pantalones cortos de Lauren y saco su teléfono. Es un mensaje de Lincoln:

¿Dónde estás? ¿Estás bien?

Otro pico de recelo me recorre. ¿Por qué le preguntó eso? ¿Ella está deprimida? ¿Es suicida? ¿Qué está pasando con esta mujer enigmática?

Lauren me mira; luego sus ojos se agrandan y ella se queda sin aliento.

—¡La carta! —Hay un pánico real en su voz—. *¿Dónde está la carta?*

—¿Qué carta?

Su voz se vuelve un chillido,

—¿Dónde está la carta de mi mamá?

Intento pensar en dónde podría estar su mente.

—¿El papel? ¿El papel que estaba en tu mano cuando intentaste tirarte del acantilado?

—¡No *salté* del acantilado! Este maldito lobo gigante intentó atacarme y me caí. —Ella intenta pararse, se tambalea, y la sostengo antes de que caiga—. ¡Necesito esa carta!

—No te ataqué; intentaba evitar que saltaras. —Busco en sus bolsillos e ignoro la lujuria que me recorre por tener las manos en sus caderas, pero no hay nada allí—. Se te debe haber caído.

—No. —Ella niega con fuerza con la cabeza. Su voz suena acongojada—, no la puedo haber perdido. ¡Te digo,

Abe, que necesito esa carta! ¡Déjame ir, tengo que encontrarla!

La miro fijo. Esta noche no podría ponerse peor.

Si su aroma no se hubiera vuelto tan metálico, si no pudiera escuchar las lágrimas en su voz, podría ser capaz de ignorar sus ruegos. Pero es claro que está desesperada.

—¿Qué hay en la carta, Perla? ¿De quién es? —Una ola de celos me recorre mientras pienso que podría ser del novio que tiene en casa.

—Es la última carta que me escribió mi madre antes de morir.

Me quedo helado.

Ah, maldición. No tenía idea de que su madre había muerto. Eso es muy pesado. He sido realmente un pendejo con esta chica, pensando que era tan privilegiada, y ella ha sufrido una gran pérdida. Quizá reciente. Una mucho más grande de la que yo he conocido. Una que ningún adolescente debería sufrir.

Contra mi propio juicio, tomo una decisión.

—Bueno, iré a buscarla. Pero tengo que asegurarme de que no puedas escapar.

—¿A qué te refieres?

La levanto y la llevo a la silla de la cocina.

—Siéntate aquí.

—No estoy segura de dónde tuve elección ahí, —murmura.

La ato al respaldo de la silla con mucha cinta en el medio.

Ella me mira con ojos entrecerrados. Son azul-verdoso, del color del océano donde la espuma se junta con las rocas.

—Te odio, Abe Oakley.

—Yo tampoco soy tu mayor admirador, Perla, —le digo —. Pero esa no es la cuestión. —Dejo su teléfono junto a la puerta, donde me vuelvo a desvestir; mi lobo se acomoda con la mirada de Lauren en mi cuerpo. Giro para verla por encima del hombro y encuentro su atención enfocada en mi trasero. Ella traga saliva y noto el aroma embriagador de su excitación una vez más.

Ese perfume particular será mi perdición. Muevo mis caderas hacia adelante hacia ella, así no podrá ver la reacción entusiasta de mi verga.

—No te muevas de ese lugar, —le advierto, sabiendo bien que es probable que lo intente todo para liberarse ni bien me vaya.

—Vete a la mierda.

El alfa con práctica en mí no puede evitar mirarla mal.

—¿Quieres que vaya a buscar la carta o no?

Un color rojizo sube por sus mejillas.

—Sí, —murmura.

Inclino la cabeza.

—¿Sí, qué?

Sus fosas nasales se agrandan y su mandíbula se pone tiesa.

—Sí, *por favor.* —Las palabras salen entre dientes.

Le sonrío de forma seca.

—Eso está mejor. Ahora pórtate bien, Perla, o habrá consecuencias.

Más de ese perfume femenino.

Me está matando.

Cierro la puerta detrás de mí y me transformo. Puedo viajar más rápido en cuatro patas y podré sentir el aroma del papel que se voló.

Cuando corro hacia la cornisa, mi mente da vueltas sobre qué hacer. Cómo manejar esto.

Necesito llamar a mi hermano, Austin. Puede que él sepa a quién debería ver, cuánto cuesta, y cómo funciona.

Por lo que escuché, entre más rápido intervienes y le borras la mente, menos daño causas. Lauren sólo necesitará que borren un par de horas de su mente. No debería afectar su mente inteligente.

Cuando llego a la cornisa, bajo el hocico hacia la tierra y huelo. El aroma de Lauren está en todo el lugar, pero no huelo papel. Me asomo por el precipicio y observo el terreno. Veo algo blanco abajo. Podría ser una piedra clara, pero también podría ser la carta.

Como no hay nadie alrededor, y estoy apurado, simplemente me lanzo por el precipicio, me hago un bollo para girar cuando aterrizo. Me saca un poco el aliento, pero me paro y me sacudo. Corro hacia el lugar donde espero que esté la carta.

No es papel. Es el pedazo de tela de la camisa de Lauren. Lo levanto con la boca, no porque ella lo vaya a necesitar sino porque mi lobo anhela tener su esencia en mi boca.

Observo el terreno una vez más, pero mis ojos no cooperan. Pestañeo cuando se nubla mi visión, y el dolor llega a mis sienes, paraliza mi cuello en la base del cráneo. Me quedo helado a punto de desplomarme, respirando profundo.

Mi lobo llora con dolor.

Mierda.

No es momento para un episodio.

Mi visión se oscurece por completo.

Espero, respirando profundo para calmar mi sistema nervioso.

Despéjate, despéjate, despéjate.

Mi visión se despejará.

Mi papá dice que cuando esto pasa, no son mis ojos, es la interpretación de mi cerebro de las señales de mis ojos.

Intento ver como humano cuando estoy en forma de lobo y viceversa. ¿Fue el aroma de Lauren lo que lo causó? Suelto la tela de mi mandíbula y me echo sobre la barriga, tocando mi rostro con mis patas y frotándome las sienes, rezándole al Destino que esta mierda termine rápido.

Y entonces cambia el viento. Un aroma inesperado llega a mis fosas nasales y vuelvo a pararme en cuatro patas.

¿Dónde carajos está?

Muevo la cabeza de un lado al otro, intento con desesperación ver, cambiar la señal en mi cerebro que bloquea el estímulo visual.

Niego fuerte con la cabeza o quizá sea la dosis gigante de adrenalina, mi visión vuelve, y veo lo que mi nariz ya descubrió.

Allí, a diez metros frente a mí, hay un oso pardo gigantesco.

No cualquier oso, un transformista. Uno que claramente está fuera de su territorio, aunque yo no podría defender el nuestro sin mi manada.

Y como si no fuera lo suficientemente malo, levanta el hocico hacia el cielo y deja salir un rugido trinante, una advertencia para mí.

Y entonces lo veo, en la garra gigante y en movimiento de la bestia...

La carta de Lauren.

Capítulo cinco

be

No hay forma de que vaya a ganar una pelea contra un oso. Puede que casi tenga mi tamaño final. Puede que sea el alfa de mi colegio, pero un lobo solo no es rival de un oso pardo.

Mierda.

¿Quién es y qué está haciendo en la tierra de nuestra manada?

¿Se ha vuelto salvaje? Noto el blanco alrededor de su hocico. Es un oso viejo. ¿Quizás un transformista senil?

Mueve las garras en el aire en una clara advertencia, pero no puedo alejarme.

No cuando sostiene la carta de Lauren.

Sólo hay una posibilidad: intentar hablar con el tipo en forma humana. Me transformo y me paro mostrando las palmas.

—Guau. Cálmate. Estás en la tierra de mi manada, no al revés. ¿Estás perdido?

El oso no se transforma y no le agrada la pregunta. Deja salir un grito salvaje. Del tipo que casi me hace volver a transformarme en lobo para defenderme a mí mismo. Resisto la necesidad.

—Bueno, no importa. No me importa eso. La cosa es que... tienes la carta de mi chica en la mano. No estoy seguro de qué me hace llamar a Lauren *mi chica*. Me digo a mí mismo que es sólo por simplicidad, pero a mi lobo le encanta.

—Es de su mamá, quien murió. Significa mucho para ella. Me envió aquí a recuperarla.

El oso parece estar escuchando. No creo que sea salvaje, pero tampoco se transforma en humano. Su labio superior sigue retraído y me muestra los dientes. Mueve la cabeza como si buscara a Lauren.

—Ella está en la cabaña. Le prometí que le llevaría la carta. ¿Me la das? ¿Por favor?

No espero que lo haga. Está claro que el oso no es amigable y que no le importa haber entrado a un territorio de lobos sin permiso. Mueve su pata gigante en un arco. Creo que es otra amenaza hasta que me doy cuenta de que soltó la carta y de que me la estaba tirando como una pelota de béisbol.

Me transformo y corro hacia ella, me olvido de tener cuidado a su alrededor, pero él no ataca. Se para en dos patas, me mira hasta que tomé el papel que cae. Con cuidado lo tomo entre mis labios, no con los dientes, para no dañarla.

El oso gira y sale corriendo a una velocidad asombrosa para un animal tan grande y aparentemente torpe.

Bajo la cabeza y corro hacia la cabaña.

Ya he perdido mucho con esto. Necesito llevar a Lauren con un vampiro y borrarle la memoria antes de que este período de tiempo en su mente se vuelva demasiado largo para explicarlo o demasiado colmado de conexiones neuronales para no crear un daño permanente.

* * *

Lauren

La puerta de la cabaña se abre de golpe y Abe entra a toda velocidad.

Estoy de costado, todavía atada a la silla, que también está de lado. Se cayó cuando intentaba llegar a mi teléfono.

No hay necesidad de decir que no me moví más de un par de centímetros. Fue difícil, moverme como un gusano por el suelo. Sólo me moví un metro en el tiempo que se fue.

Pero, em, *guau*. Aquí está. Una vez más, me sorprende su desnudez. Más me sorprende mi reacción ante ella.

Porque de pronto no sé cómo me pareció atractivo Luke alguna vez.

Es como un niño pequeño comparado con Abe.

¿Cómo sería estar debajo de todos esos músculos fuertes? ¿O moverse encima? Un latido firme empieza a sentirse entre mis piernas.

Pero entonces veo lo que tiene en la mano y olvido los pensamientos lujuriosos que pasan por mi cabeza.

—La encontraste.

Él camina por la cabaña y deja la carta en una mesita. Hay una expresión sombría en su boca y pensión en esos hombros enormes.

—La encontré.

Él voltea y nota mi difícil situación. Intento no mirar debajo de su cintura, pero es imposible. Y él es... *bueno*... guau. Luce listo y jugoso. Arrastro mi labio inferior entre mis dientes.

—Veo que desobedeciste mis órdenes.

Olvido cómo debo lucir en esta posición ridícula. Todo mi peso está sobre un hombro, que ahora se ha quedado dormido.

—*Desobedecer...* —Balbuceo—. ¿Qué estamos, en el ejército? —No puedo mantener los ojos en su rostro. Mi mirada pasa por todo ese cuerpo perfecto que tiene, siguiendo los bordes tallados de cada músculo hermoso. Siempre regresa a ese músculo *en particular* que parece, eh, *estar feliz de verme*.

Abe se pone unos bóxeres y un par de vaqueros desgastados esta vez y se acerca a mí.

—Parece que olvidas por completo quién controla tu destino ahora. —Él levanta la silla, conmigo en ella, y la pone derecha como si sólo pesada dos kilos, no más de cincuenta y cinco. Juraría que sus músculos ni siquiera se esforzaron cuando lo hizo.

El tipo es biónico. Sigue sin camisa, lo que significa que veo las formas pequeñas de sus músculos gigantes cuando se mueve. Es hermoso. Pero tan pendejo.

—Sí, ¿podemos volver a eso? —Lo miro de forma funesta —. ¿Qué es exactamente lo que estoy haciendo aquí?

—Viste algo que no deberías haber visto. Y eso es un problema para mi manada.

—Tu manada... —debo haber estado en shock antes o lo irreal de la noche mantuvo los pensamientos racionales a raya. Pero de pronto, entiendo todo.

Por qué la pequeña ciudad de Wolf Ridge es tan extraña.

Son todos lobos.

Me quedo boquiabierta.

Abe aprieta los ojos y boca.

—¡Mierda! —Se aleja de mí y saca un teléfono del bolsillo para marcar algo.

Escucho una voz masculina que responde fuerte, como si hablara en algún tipo de reunión o fiesta.

—¡Ey, hermano! ¿Qué sucede?

—Tengo un problema. Uno grande. Necesito tu ayuda.

No escucho la respuesta, pero el ruido se acalla, como si el tipo al otro lado, no sé si es un hermano real o sólo un amigo que llama *hermano*, fuera a algún sitio privado.

—Una chica del colegio me vio transformarme. Una humana.

Ahora no puedo escuchar las respuestas de la otra persona, sobre todo cuando Abe me da la espalda y se aleja, hacia lo que debe ser una habitación.

—Lo sé, pero no puedo... el Alfa Green ya me dijo que me mantuviera alejado de ella. Me vio en la corrida de la última luna llena también... Sí, me equivoqué... *¡No!* No es nada para mí. —Mira de forma sombría por encima de su hombro.

Sus palabras no deberían molestarme. O sea, por supuesto, no soy nada para él. Él tampoco lo es para mí. Pero algo acerca de esto se me clava en el pecho. Me da en esta sensación de abandono que siempre se abre como un agujero del tamaño del Gran Cañón cada vez que pienso en mi mamá.

Quizá por eso no puedo hacer el duelo por ella. Estoy demasiado ocupada sintiéndome herida porque me dejara. Se suponía que me viera crecer. Que me viera graduarme. Que estuviera en mi boda. Que explotara esta ladera ella misma al atardecer.

Las lágrimas que me han escapado se juntan en mi garganta, me ahogan, me sofocan. Hay tanta presión en mi pecho que juraría que explotará. Me tiembla el labio inferior.

Y luego... nada.

Lo vuelvo a tragar.

Tan cerca.

Pero qué patético que lo causara la pena por mí misma en vez de algo más altruista.

Apesto.

Regreso mi atención a Abe, quien hace ruidos afirmativos de «aján».

—¿Hablas en serio? —pregunta—. ¿Conoces la combinación? —Vuelve a la sala de estar y mueve el sofá como si no fuera un mueble gigante y pesado. Levanta la zona de la alfombra—. Sí, lo veo.

Estiro el cuello para ver qué está mirando. Él abre una puerta escondida y busca en el interior, rotando la muñeca. El ruido leve de un marcador llega a mis oídos.

Debe ser una caja fuerte. Claro, hay un ruido de clic, y abre una puerta pesada de metal.

—Lo tengo. —Abe saca un fajo de veintes bien guardado y pasa el pulgar entre ellos—. Cuéntame. Gracias. No le digas a papá, ¿bueno?

Entonces es su hermano real.

—¿Lo prometes? Gracias. —Abe corta la llamada y saca una pistola de la caja fuerte. Parece antigua, como la que usaban en las películas del Lejano Oeste. Un arma de seis tiros o algo así.

Las alarmas empiezan a sonar en mi cabeza. ¿Me matará y enterrará mi cuerpo por algún lugar cercano?

—¿Para qué es?

Abe abre la recámara y mira el interior, luego estira la mano para tomar seis balas. Cuando levanta la cabeza, sus ojos parecen brillar.

Capítulo seis

Lauren

Mi mente salta irracionalmente a *Abe Oakley me matará.*

Mi cuerpo responde con otra dosis masiva de adrenalina y hace que mi corazón lata rápido y mis piernas se muevan y luchen contra la cinta alrededor de mis tobillos.

Abe sigue provocando sensaciones reales en mi cuerpo.

Veo algo de diversión en su rostro engreído.

—Relájate, Perla. No es para ti.

—¿Para quién es? —Mi voz se eleva en tono—. ¿Cuál es el plan, Abe?

Él vuelve a cargar el arma y la mete en la cintura de sus vaqueros. Se para y se pone una camiseta, luego cuenta el dinero.

Le suena el teléfono y responde. Debe ser su hermano que lo vuelve a llamar. Después de unos cortos *Buenos* y *Entendidos,* Abe le agradece a quien sea y termina la llamada.

Mi iPhone vibra con un mensaje. Ambos miramos

donde está apoyado sobre la mesita con una funda turquesa de brillos.

—Ese sería Lincoln, —le digo apresurada—. Se asustará si no vuelvo a casa pronto. Es probable que ya esté asustado porque no respondí a su último mensaje.

Abe deja las balas en su bolsillo y se pasa la mano por el cabello. Parece diferente que en la escuela. Menos seguro de sí mismo. Todavía sigue siendo un pendejo, pero sin la actitud despectiva. Este es él sin tanta arrogancia.

—Sí, ese es el tema. —Él me mira. Sus ojos son azul grisáceo, una versión más oscura de la de su lobo—. Pasarán un par de horas, quizá tres. ¿Así que qué puedes decirle que vaya a creer?

Miro fijo a Abe. ¿En serio cree que lo ayudaré en esto? ¿Por qué lo haría? Literalmente soy la cautiva.

Parece leer mi mente porque toma la carta de mi mamá y se acerca.

—¿Quieres esto de regreso? —Él levanta las cejas.

—Dámela, —le digo de mala manera, inclinando la silla hacia adelante como si fuera a lanzarme sobre él.

—Piensa en una excusa. Una *buena*.

Mi cabeza da vueltas. Los gemelos son geniales en entenderse sin palabras.

—Déjame hablar con él.

Abe se acerca a la cocina. Enciende una de las hornallas y hace clic un par de veces hasta que se prende.

Sigo preocupada por cómo darle un mensaje a Lincoln, pero todas mis ideas se detienen cuando sostiene la carta de mi mamá.

—¿En qué estás pensando, Lauren?

Me arrojo contra la cinta cuando el pánico inunda mis venas.

—¡No!

—Piensa rápido, Lauren. Haz que sea bueno. O la carta se prenderá fuego.

—¡Dile que estoy en la biblioteca! —Grito. Hay lágrimas en mis ojos—. Por favor. No la quemes.

Él no quita el papel del peligro.

—¿Se lo creerá?

—¡Sí! Me encanta la biblioteca. Es mi lugar feliz.

Abe todavía no se mueve. Me observa con ojos entrecerrados.

—Te ayudaré, no intentaré nada. ¡Lo prometo! —Ahora estoy hablando rápido, desesperada porque aleje el papel de la llama.

Lo hace.

Apaga la hornalla y busca el teléfono. Lo pone junto a mi rostro para desbloquearlo, luego entrecierra los ojos para ver la pantalla.

—¿Pasa algo con tus ojos?

Veo el tic de irritación alrededor de su boca antes de que su labio superior se levante con desdén.

—Soy un lobo alfa. Tengo una visión perfecta.

—*Lobo alfa.* —Pienso en eso y más piezas del rompecabeza cobran sentido. La forma en la que los chicos de la escuela lo adoran. La forma en la que actúa de forma dominante y agresiva. Diferente de cómo es ahora mismo.

Es algo de estatus alfa. Una fachada.

Cosa de lobos.

Abe deja salir un sonido frustrado de asco propio, como si estuviera enojado de haberme mostrado algo más de lo que quería otra vez.

El hecho es que entre más sé acerca de él, entre más entiendo a esta ciudad extraña y jodida, menos lo odio.

Es lo mismo que cualquier estudiante de Landhower Prep, creando una fachada para parecer genial frente a otros chicos, intentando no meterse en problema con sus padres u otros adultos.

Pero sé que tengo razón acerca de sus ojos porque su mandíbula se tensa y pestañea varias veces mirando la pantalla antes de poder ver lo que tiene en frente. Finalmente abre la mensajería y le responde a Lincoln.

—¿Por qué está tan preocupado por ti?

Miro a Abe de forma testaruda.

—No es de tu incumbencia.

—¿Por qué no fuiste hoy a la escuela? —Mueve la carta para abrirla y mirar la fecha—. Junio del año pasado. ¿Cuándo murió?

Un tsunami de dolor se eleva en mi pecho, tanto que siento que mi cabeza explotará.

—¿Fue hoy? —Pregunta Abe. Por alguna razón, suena enojado, pero no puedo imaginarme cuál es su problema.

Bajo la cabeza y miro el cielo sin ver nada.

Mamá... te necesito ahora.

Mi visión se nubla. Las lágrimas salen del borde de mis ojos.

Finalmente, empieza. Temo decir o hacer algo por miedo a que se apague de nuevo como siempre lo hace.

Un sollozo sale de mi garganta.

Cierro fuerte los ojos, me inclino hacia la sensación de descarga, de alivio, que llega al dejar salir esto.

Por favor no pares. Deja que siga saliendo.

Apenas noto que me arrancan la cinta del torso con fuerza.

Estoy llorando. Otro sollozo llena mi mandíbula inferior.

Abe me levanta de la silla y me lleva contra su cuerpo.

Mi rostro se presiona contra su camiseta de algodón. Mis manos atadas están atrapadas entre nuestros cuerpos.

Estoy aterrada de que su cercanía, de que esta interacción termine con las lágrimas.

Abe Oakley es la última persona con la que me siento cómoda liberando mis emociones. Pero eso parece ser una mentira porque con mi rostro escondido en su camiseta, parece ser fácil dejarlo salir. Pronto mi espalda tiembla con llanto, y humedezco el frente de su camiseta con mis lágrimas.

Abe no dice una palabra. No me da golpes en la espalda ni hace sonidos calmantes, pero me sostiene fuerte, y hay una ferocidad en la calidad del abrazo que se une con la intensidad de la emoción atrapada dentro de mí. De algún modo me da permiso de dejarlo salir todo.

No sé cuánto tiempo me quedo llorando allí. Se siente como una eternidad y nada en absoluto. Todo lo que sé es que cuando termino, cuando el llanto se detiene y las lágrimas están secas, el vacío se siente como paz.

—No he llorado. —Levanto el rostro de la camiseta de Abe manchada con máscara de pestañas y lo miro.

Él usa sus pulgares para limpiar las manchas debajo de mis ojos y las deja en el borde de su camiseta.

—No he llorado desde antes de que muriera. Ni una vez. No podía dejarlo salir. No he sentido... nada. Por eso me asomaba por el borde del acantilado. No porque quisiera morir, sino porque me preguntaba si siquiera era capaz de sentir miedo.

—¿Lo fuiste?

Niego con la cabeza.

—No, pero entonces este lobo corrió hacia mí... no lo sé, sentí un poco de algo.

Abe me mira de forma indescifrable.

—Lo siento, Lauren. Tu día de mierda terminará aún peor. Pero juro por el destino que te despertarás mañana y no recordarás nada. Y me aseguraré, *realmente me aseguraré*, de que te sientas bien.

Mi frente se arruga mientras intento entender qué está diciendo.

—¿Cómo?

Abe no responde y algo de mi paz desaparece, es reemplazada por una leve sensación de peligro. Hay algo malo aquí. No le temo a Abe, a pesar del hecho de que me ató a una silla y me tiene cautiva. Pero su plan, el que sea, se siente mal. Muy mal.

—¿Con drogas? —Pregunto—. ¿Me drogarás?

Sus labios se cierran en una línea firme. En vez de contestar, me levanta por abajo de las rodillas y me lleva al estilo luna de miel. Deja mi teléfono en mi barriga y luego el fajo de dinero.

—Claro, sostendré esto por ti, —bromeo de forma cortante.

Las comisuras de los labios de Abe se levantan brevemente mientras sale de la cabaña con sus piernas largas. Su habilidad física realmente me vuela la cabeza. Debe ser tres veces más fuerte que un humano común. Mi peso parece ser nada para él.

Y por loco que sea todo esto, estoy agradecida por la distracción. Que Abe sea un lobo y me secuestre es una interrupción poderosa al adormecimiento que he estado sintiendo. Es mejor que el vacío que me ha atrapado últimamente.

Me lleva a su vehículo y logra sostenerme con un brazo mientras abre la puerta del acompañante. Me sienta con cuidado en el asiento del frente y me pone el cinturón de seguridad.

—Te he visto antes, —me doy cuenta. Incluso antes de la noche de luna llena cuando estaba afuera de mi ventana, veía destellos de movimiento desde el bosque como lo hice hoy antes de que corriera hacia mí.

Abe cierra la puerta del acompañante sin responder, pero sé que tengo razón.

Conducimos por la colina hacia Scottsdale en silencio por veinte minutos y luego me empiezo a reír histéricamente.

—¿Qué? —exige saber.

No puedo dejar de reír, es ese tipo de estado incontrolable, mareado, y maníaco de felicidad. No es gracioso, sino histérico. Primero las lágrimas y ahora la risa. Abe parece encender todas mis emociones perdidas.

—¿Qué es tan gracioso?

—Me acabo de dar cuenta. —Sigo riendo—. Mi *compañero de química* es un hombre lobo.

—Transformista, no hombre lobo.

Uso el hombro para limpiarme las lágrimas de risa del rostro.

—¿Cuál es la diferencia?

—Los hombres lobo no existen. Sólo en las películas. Pero no lo entiendo. ¿Qué es tan gracioso?

—Es como en *Crepúsculo*.

Abe me mira sin entender.

—¿El libro? ¿La película? Ya sabes, el compañero de laboratorio de la chica nueva termina con un vampiro que se siente atraído por ella. Mi compañero de laboratorio terminó siendo un lobo. —Lo miro mientras se me ocurre una nueva idea—. ¿Te sientes atraído por mí? ¿Por eso has estado acechando mi casa?

—No me siento *atraído* por humanos, —dice de forma

brusca. Hay algo defensivo en su tono que me hace estar segura de que tengo razón.

Abe estaciona frente a una mansión extensa con puertas de hierro. Baja la ventana para hablarle a la cámara, pero las puertas se abren antes de hacerlo.

Mi sensación de recelo se amplifica cien veces.

—¿Dónde estamos? ¿Aquí está el traficante de drogas? Abe, ¿qué sucede?

Está muy oscuro afuera cuando Abe estaciona el coche en la entrada circular. Su expresión está firme en una línea sombría y sus hombros están tensos, como si se preparara para algo. También está preocupado. O no le agrada lo que sea que esté a punto de hacer.

Entro en pánico.

—Abe, no hagas esto. No contaré tu secreto, lo juro. Sólo llévame a casa. Esto no parece lo correcto.

Abe busca un par de gafas de sol oscuras en la consola central y, aunque está oscuro afuera, se las pone.

—Para mí tampoco se siente como lo correcto, para ser honesto. Y sí, supongo que puedo decírtelo ahora ya que no lo recordarás, pero definitivamente me siento atraído por ti. —Él abre la puerta y sale.

El triunfo momentáneo porque admitió su atracción muere por completo cuando la otra parte se asienta. ¿No recordaré esto? No recordaré saber lo que está debajo del pendejo bravucón de la escuela.

Cómo salió a buscar la carta de mi mamá. O cómo me sostuvo cuando lloré. No recordaré que Abe no es tan pendejo como finge serlo.

O que lo que se dice de los chicos que molestan a las chicas es verdad; le gusto.

Me abre la puerta.

—No me gusta esto. —Se me cierra la garganta—. ¿Qué está pasando?

Él me arranca la cinta de los tobillos y me levanta por la cintura para sacarme de la camioneta y ponerme de pie.

—Está a punto de parecerse mucho más a *Crepúsculo*.

—¿A qué te refieres?

—Puede que los hombres lobo no existan, pero los vampiros sí.

Capítulo siete

A *be*

Estoy realmente asqueado mientras tomo el codo de Lauren.

Ella se resiste y se escapa de mí.

—No. No me llevarás allí. De ninguna maldita manera.

Diré esto sobre la princesa de hielo: tiene buenos instintos. Tiene razón en quejarse de esto. Me destruye.

—Lo siento, Perla. —La tomo en mis brazos. Ella patalea y me golpea con sus manos encintadas, pero no es rival para mí.

—¡Abe, no! ¡Bájame! ¡Llévame a casa! —Ella intenta girar su cuerpo y zafarse de mis brazos. El olor a su miedo hace que mi lobo gruña con la necesidad de defenderla—. No lo harás, —las palabras mueren cuando se abre la puerta y un chico flaco con un esmoquin de terciopelo azul de 1920 está detrás.

Luce como si no pudiera ser más grande que Lauren y yo, pero no me engaña. En base a sus elecciones de moda, probablemente tenga más de 100 años.

—¿Thomas? —Pregunto. El aroma a muerto me pone la

piel de gallina. Nunca antes vi a una sanguijuela en persona.

Es realmente aterrador.

El vampiro apenas me mira, pero observa de forma lenta y lasciva el cuerpo de Lauren, sobre todo la suave piel expuesta debajo de sus pechos. No puedo creer que no le di otra camiseta para que se ponga. ¿Qué carajos me sucede?

Bajo sus pies al suelo, me quito mi camiseta, y la paso sobre su cabeza y hombros. Con sus muñecas atadas frente a ella, las mangas caen vacías como si fuera un maniquí sin brazos. Mantengo su cuerpo inclinado para que la sanguijuela no pueda ver la pistola en la cintura de mis vaqueros. Las balas que lleva están hechas de plata.

—Un cachorro lobo y una adolescente mortal en mi puerta. Qué interesante. —Su mirada pasa rápido a mí como un arma. Por supuesto, *es* un arma—. Quítate las gafas de sol, niño lobo.

—No. —Digo con firmeza. Llevo unas gafas con reflejo. No debería poder ver mi mirada con ellas y convencerme de hacer lo que él quiera.

No le digo *No, señor* como lo haría si fuera un lobo anciano. Sólo estoy aquí para la transacción. No puedo confiar en esta sanguijuela. Pero no quiero llevarle la contra; es peligroso y sólo se protege a sí mismo y a los de su especie. Entre antes termine con este tema y salga de aquí, mejor.

Mi mano quiere buscar el arma, pero no lo hago. Necesito mantenerme tranquilo.

El vampiro me sonríe de forma escalofriante.

—¿Dónde está el dinero?

Le paso los dos mil dólares que tomé de la caja fuerte en el piso de mi papá. Eso es lo que el contacto de Austin dijo que costaría. Tendré que pensar en cómo devolverlo antes de que mi papá se entere.

Lauren debe recordar que intentaba escapar porque gira para correr. La tomo por la cintura y la vuelvo a girar para que mire a Thomas.

Ni bien lo mira a los ojos, se queda inerte en mis brazos. No la suelto. Mi corazón late fuerte contra su espalda.

Thomas toca su mentón y lo levanta.

—¿Viste a un transformista, amor?

Lauren jadea, sus costillas se expanden contra mi pecho con cada respiración. Su cuerpo parece estar inmóvil, como si estuviera jugando a la mancha y se hubiera vuelvo a una estatua.

Intento calmarla moviendo mi pulgar en un círculo pequeño sobre la piel desnuda de su cintura. Antes de venir, tuve una fantasía de pedirle al vampiro implantarle ideas felices para ayudarla a sentirse mejor acerca de su mamá, pero ahora me doy cuenta de que fue una idiotez. No confío en que este tipo haga algo extra. Ni bien le borre el recuerdo del lobo, saldremos de aquí.

—Veo... que estabas en un acantilado. El cachorro te salvó.

La piel de gallina aparece en mis brazos cuando lo escucho moverse por su mente. Esto está tan mal. Me aclaro la garganta.

—Sí. Dile que fue el humano el que la salvó y luego que fuimos a la biblioteca a estudiar. Y luego a conducir.

La sanguijuela me ignora.

—El chico enamorado te ha estado observando. Es entendible. —Se inclina hacia adelante para oler su cuello. Ahora también estoy jadeando por la adrenalina. Este tipo realmente *me espanta*—. Tienes un aroma único para ser humana. Hay algo... diferente acerca de ti.

Veo el brillo de sus colmillos elongados, y la tiro hacia atrás, lejos de donde pueda atacarla.

¡Mierda! ¿Iba a morderla? Necesito que nos vayamos de aquí ni bien se encargue de esto.

—Dámela, —me dice de mala manera, como si estuviera enojado de que le quitara su cena.

Levanto mi labio superior en un gruñido. *Mis caninos también se alargan, idiota.*

—*No.* —Hago que la sílaba sea tan fuerte y prohibitiva como puedo, poniendo toda la orden alfa que consigo juntar.

Una vez más, está entretenido por mi resistencia. Como si fuera un niño terrible de dos años que acabara de aprender a decir que no.

Antes de darme cuenta de lo que está sucediendo, me quita las gafas del rostro a la velocidad de un rayo, y las arroja hacia el arbusto Texas Ranger que rodea la puerta.

Sin darme cuenta, suelto a Lauren para defenderme y luego ambos desaparecemos, dentro de su casa con la puerta que se cierra frente a mi rostro.

Un gruñido real de lobo sale de mi garganta. Lo único que evita que me transforme de forma instantánea en lobo es el recuerdo de que tengo balas de plata.

Saco el arma al mismo tiempo que bajo la puerta con una patada poderosa.

No están en ninguna parte. Mierda, ese maldito se mueve rápido.

Escucho un quejido al final de un pasillo y corro para tirar otra puerta abajo.

Encuentro a Lauren tirada hacia atrás en los brazos de Thomas; la maldita sanguijuela se está alimentando de su garganta.

Me acerco para no errar y darle a Lauren; luego apunto

y disparo. La bala da contra su hombro. Thomas grita y cae al suelo, toca su herida sin sangre.

Una bala de plata no matará a un vampiro, pero debilitará su poder y le dolerá bastante. Apunté al hueso, y espero que la bala permanezca alojada ahí el tiempo suficiente como para que nos vayamos.

Lauren ya está corriendo hacia la puerta. Escuché que la saliva de un vampiro droga a la víctima, pero es más que capaz de escapar.

No espero a ver si Thomas se recupera; giro para seguirla por el pasillo y por la puerta de entrada. Mi cuerpo parece celebrar ni bien cruzo el umbral del vampiro hacia el aire fresco. Lauren ya está en el asiento del acompañante y cierra la puerta.

—¿Sabes qué sucede si cruzas a un oso y un lobo? —La voz de Thomas me da escalofríos.

Giro para apuntarlo con el arma de nuevo mientras camino rápido hacia atrás hasta el asiento del conductor. Está de costado, se apoya contra el marco como si no pudiera sostenerse.

—Dicen que puede matar a la madre, y eso es verdad. Pero no es por eso que está prohibido.

No tengo idea de por qué este idiota está hablando de osos justo ahora. Debe estar realmente loco. Escuché que puede suceder con vampiros muy viejos. Este tipo no parecía tan grande, ¿pero yo qué sé?

Entro al asiento y busco las llaves en mi bolsillo.

—¿Quieres saber cuál es la verdadera razón? —pregunta mientras busco la manija de la puerta.

La cierro de un portazo, pero con mi escucha de transformista igual oigo las palabras de despedida del vampiro.

—Está prohibido porque el animal que producen es demasiado poderoso.

Acelero y salgo volando de la entrada de ladrillos, chocando con la puerta aunque se estuviera abriendo de a poco.

Se arrastra junto al coche por unos momentos antes de caer sobre la calle.

Creo que estamos a salvo hasta que el extremo frío de la pistola toca mis costillas.

—Eso es todo, Abe. Me cansé. —Lauren logró quitarme el arma del bolsillo con las manos atadas—. Estaciona o juro que dispararé.

Capítulo ocho

L*auren*

En mi tercer año en Landhower, Luke les consiguió éxtasis a todos los Seis Bronceados para una fiesta. Cómo me siento ahora es bastante parecido. A pesar de ser consciente de lo que acaba de pasar, me siento miserable, un poco atraída por Abe, e intranquila. Por eso estoy haciendo todo lo posible para enojarme.

¡Abe casi hace que me maten! O me violen. O me tengan como esclava de sangre permanente. No sé cuáles eran los planes de ese vampiro para mí, pero no pueden haber sido buenos.

Pero algo de lo que hizo logró que nada me molestara. No me sentí traumada ni asustada cuando me mordió. Sólo sentí una disociación placentera de todo.

Genial. Como si necesitara sentirme aún más adormecida en mi vida, si así puedo decirle.

Pero lo importante es que lo recuerdo todo. El recuerdo de Abe transformándose de lobo a humano volvió ni bien pateó la puerta de la habitación. También la habilidad de moverme.

Por la razón que sea, Abe parece ser la cura de lo que sea que me pase. Quizá fue la excitación por su rescate dramático. O sólo que me molesta continuamente. Me inclino hacia un enojo justificado ahora mismo mientras lo apunto con la pistola.

El cambiar de rol dura aproximadamente 2.5 segundos.

Abe no parece tener miedo de que le dispare porque me quita el arma de las manos y vacía la recámara de balas en su regazo mientras conduce.

—No me apuntes con esa cosa. Si se dispara, podría morir.

—Sí, ese era el punto.

Divide su atención entre el camino y yo.

—Lo siento, Lauren. Realmente. No se suponía que sucediera eso.

Lo golpeo lo más fuerte que puedo con el uso limitado de mis manos.

—Qué evidente. Bueno, no consentí a lo que se *suponía* que pasara, así que supongo que el que un vampiro me chupara las venas fue el final perfecto de un día de mierda.

La mirada de Abe se posa sobre las marcas en mi cuello y gira de forma abrupta hacia un lado del camino.

Para mi sorpresa, toma mi cuello y me lleva a su boca.

—¿Qué estás haciendo? ¡Quítate de encima, pervertido! —Golpeo su mentón cuando se acerca. Sé que no le pegué fuerte, pero es como si ni siquiera lo sintiera.

Sus labios se separan y presionan contra la piel de mi cuello. Luego arrastra la lengua sobre el lugar donde me mordió el vampiro.

Oh.

Oh, guau. ¿Qué está haciendo?

Mi vagina se moja; se *empapa*.

Ya estaba excitada por verlo entrar golpeando la puerta

y disparando. No todos los días un chico de la secundaria de pronto se transforma en un héroe rudo de una película de acción. Pero esto es otro nivel.

Nunca me sentí tan inervada, con tanto deseo en toda mi vida.

—No pienses que es por ti, Perla. —La voz de Abe es un gruñido grave contra mi piel—. Si estuviera usando mi lengua para darte placer, estarías rogando más. —Murmura las palabras en mi oído, luego mueve la punta de la lengua alrededor de cada marca redonda.

El latido lento entre mis piernas se vuelve más insistente.

—¿Qu-qué estás haciendo entonces, perv-vertido? —Estoy demasiado nerviosa como para que mi epíteto suene ni remotamente genuino. Demasiado excitada por este hombre gran y viril que me tiene cautiva y lame mi cuello. Presto atención a su otra mano, la que sostiene mi rodilla. Su pulgar roza levemente la piel sensible de mi muslo interno.

—Mi saliva tiene antibióticos y propiedades curativas. —Otra lamida.

No puedo evitar pensar en su lengua entre mis piernas ahora. Cómo se sentiría si pasara su lengua lento sobre mi clítoris como la está moviendo ahora. *Estarías rogando más, Perla.*

Definitivamente suena a que Abe Oakley sabe lo que hace.

Sólo he estado con un tipo, Luke, y nunca rogué por más. Ayer habría jurado que Abe sería el último tipo que me excitaría, pero ahora mismo, estoy deseando ya estar soltera. Poder pedirle a Abe que me muestra exactamente cómo usaría su lengua para darme placer.

—Mi saliva no es tan potente como la de un vampiro, pero ayudará a que sanen las heridas.

—O-oh.

Ups. Eso sonó sexual. Más como un gemido que confirmación. ¿Acabo de mover la cadera sobre el asiento del coche?

No admitiré que no quiero que se detenga. Ese latido entre mis piernas se ha vuelto más y más fuerte, y ahora es todo lo que puedo hacer para no lamerlo yo también.

—Supongo que también te sientes atraída por mí.

Bastardo engreído.

Lo empujo.

—¿Ahora quién se cree mucho?

Abe levanta una sonrisa creída, pero el roce de su pulgar sobre mi herida es casi doloroso.

—Conozco el aroma de tu excitación, Perla. —Él se toca la nariz—. Tengo un sentido del olfato excelente.

Mis mejillas se calientan. ¿Será verdad? Bueno, debe serlo si lo dijo.

Sin quitarme la mirada de encima, me arranca la cinta de las muñecas, la misma que he estado torciendo y tironeando sin sentido por las últimas dos horas, sin más que las manos. Hace una pelota con la cinta y la mete debajo del asiento, luego me quita su camiseta. Su mirada cae hambrienta sobre mi sostén y mi barriga expuesta.

Intento no sentirme halagada, pero mi cuerpo no recibe el mensaje. Mis pezones se ponen duros y se asoman debajo de mi sostén. Cada parte de mí parece realmente *amar* la atención de Abe. Y ahora que admitió su interés por mí, es mucho, mucho más difícil odiarlo.

Es como si los dos compartiéramos un secreto. O sea, por supuesto que lo hacemos. Todo lo que sucedió esta noche es un secreto compartido. Pero que él dijera que se siente atraído por mí fue como girar la llave en una cerradura.

La activación de un «nosotros». Algo de lo que no podemos volver.

Su mano vuelve a mi garganta y una vez más acaricia ligeramente con su pulgar el lugar de mi cuello donde me mordió el vampiro. Ni bien la criatura me miró a los ojos, pude escuchar sus órdenes en mi cabeza.

No te muevas. Mi cuerpo se quedó inmóvil.

Luego, *No viste un lobo esta noche.* Intenté pensar en lobos, pero no podía imaginar uno.

«Recordé» a Abe, en su forma humana, evitando que cayera del acantilado, pero nada más.

Y luego de pronto estaba en la habitación del vampiro y me estaba vaciando las venas. Pero me sentí confiada de que Abe lo detendría. No creí por un segundo que me dejaría a mi suerte con el chupasangre.

Y nunca antes vi algo tan genial como esa puerta volando del marco y un Abe furioso entrando a la habitación. Saber que es probable que también estuviera asustado lo vuelve más heroico. Saber que estaba asustado por mí fue realmente encantador.

—¿Todavía te duele, Lauren? —Está siendo el Abe genuino, no el pendejo engreído de la escuela. Este es un tipo del que en serio me podría enamorar. Lo que me asusta.

—Por supuesto que realmente duele. —Tiemblo al recordar cómo se sintió estar hipnotizada por un vampiro.

Estoy mintiendo. No duele mucho en realidad. Sigo vibrando; las hormonas de sentirse bien corren por mi cuerpo como si acabara de tener un orgasmo o hubiera entrenado mucho. La pesadez que me ha rodeado, la niebla en la que he vivido el último año, parece haberse despejado por el momento.

Así que hay algo bueno en esta noche de mierda.

Además, lloré.

—Ese podría ser el mejor regalo de todos.

—Llévame a casa, Abe, —digo porque todo esto es demasiado para procesarlo. No porque Abe sea un hombre lobo o porque me haya mordido un vampiro. No, la parte que me está afectando son mis sentimientos por Abe.

Necesito salir de su coche. Llegar a casa y meterme en la cama y sólo soñar hasta que pase esta noche. Quizá mañana las cosas tengan sentido.

Él enciende el coche. Ninguno de los dos habla hasta que estaciona frente a mi casa.

Abro la puerta rápido para salir, pero me toma de la muñeca.

—Espera.

Intento sin éxito sacármelo de encima.

—Si le dices algo de esto a alguien...

—Vete a la mierda, Abe, —le digo.

—No, Perla. —Él vuelve a transformarse en su personaje de pendejo justo frente a mis ojos. Está inflando el pecho. Levanta y empuja el mentón hacia adelante. Tiene una expresión burlona en la boca.

Quiero quitársela del rostro con una cachetada. Me preparo para cualquier pendejada que vaya a salir de su boca.

—Así serán las cosas, princesa. Me quedaré con la carta de tu madre como seguro. Si hablas, si le dices algo de esto que sucedió esta noche a alguien, te haré ver mientras la quemo hasta volverla cenizas.

Capítulo nueve

Acecho más cerca de la mansión Sterling. Es medianoche, pero no puedo dormir. Abrí la ventana y salí por ella, en forma humana esta vez mientras acecho a mi presa.

Debería estar feliz de haber logrado que Lauren Sterling me vuelva a odiar.

Ella me pegó en la mandíbula cuando la amenacé, lo que no me dolió, pero es probable que sea haya dejado unos buenos moretones en los nudillos.

Pero eso es lo que necesitaba que pasara. Sentir algo parecido a la cercanía con ella sería un desastre aún mayor que el que descubra que soy transformista.

O que la muerda un vampiro.

No, olviden eso, nada podría ser peor que esa sanguijuela tocándola. Todavía quiero golpearme mi propia garganta por ponerla en esa situación. Me arrepiento de haberla llevado con ese demonio. Todavía quiero regresar con una maldita estaca y clavársela justo en su corazón que no late.

Pero debería dejar las cosas como están con Lauren. Con ella despreciándome y yo teniendo ventaja. No debería estar de nuevo bajo su ventana con la carta en mi bolsillo trasero.

La pantalla está rota en el lugar donde mi pata la atravesó en la última luna llena. Me sorprende que su papi rico todavía no la haya arreglado.

Pero recuerdo que está haciendo un duelo.

Es más difícil despreciar a estos humanos ricos ahora que sé que están sufriendo. No están alejados porque piensen que son demasiado buenos para el resto de nosotros; están apagados por el dolor.

O quizá sea por ambos.

Es probable que ambos. Ella definitivamente es resentida, sin importar cómo quieras verlo.

Siento su olor alrededor de la ventana y mi lobo se queja.

No estoy seguro de qué haré. ¿Dejar la carta en su ventana? ¿Ponerla en el buzón? Todo lo que sé es que mi consciencia no descansaba hasta que traje la carta aquí.

Miro por la ventana. Mi punto de ventaja es diferente que cuando estoy en forma de lobo. En dos patas puedo ver la cama debajo de la ventana. Su cabello grueso y cobrizo desparramado sobre las almohadas.

Saco la pantalla con gentileza y me inclino contra la casa. Luego pruebo la ventana.

Está sin traba.

Los ojos de Lauren se abren de golpe con el sonido suave. Estoy a punto de abrir bien la ventana y meterme para taparle la boca con la mano, pero me doy cuenta de que no se ha movido.

No ha separado esos labios gruesos para gritar.

Sólo me mira.

Abro la ventana con el menor ruido posible y me empujo para pasar por ella.

Lauren luce hermosa, sus piernas pálidas están enroscadas en las sábanas y el cubrecama. Lleva un par de pantalones muy cortos de pijama y una camisola con tiras que parecen las más pequeñas que he visto. Una pasada de mis dientes y podría cortárselas. Hacer que esa tela caiga de sus pechos maduros.

Mi verga se pone dura como una roca.

Ella todavía no se ha movido, aunque estoy en su habitación y camino alrededor de su propia cama.

—¿Qué estás haciendo aquí? —Es un susurro.

Tan tierno, maldición. Como si tuviera derecho de estar aquí. Como si no fuera sólo un bravucón de su escuela que la ha estado acosando desde su primer día.

Sólo porque no parece tener miedo, porque no me siento no bienvenido, me subo a su cama.

Incluso ahora, no grita. No me golpea. No me aleja.

El aroma de su excitación me hace gruñir en voz alta.

Dulce, dulce humana. Quiero lamer esos fluidos de la fuente. Separar esos labios inferiores con la punta de mi lengua y tomarme mi tiempo en aprender cómo le gusta.

Me subo a su cadena y dejo su cabeza entre mis puños.

—Prométeme que no dirás nada.

Ahora está enojada, igual que en mi vehículo. Es como si la ofendiera mi falta de confianza. Como si debiera creer en su fidelidad hacia mí y mi secreto.

Ella mueve las caderas debajo de mí, lo que tiene el efecto desafortunado de jugar con mis partes ya hinchadas.

Contengo un gemido.

Tomo su garganta con mi mano para sostenerla, con cuidado de no apretar.

—Cuidado, Perla. Me estás excitando.

Ella se queda quieta; su pecho se levanta y baja. Por primera vez, mi defecto funciona a mi favor porque mis ojos de lobo pueden ver a la perfección en la oscuridad, incluso el color que aparece en sus mejillas.

Ella sigue helada por varias respiraciones como si esperara a ver si haré algo.

Luego susurra,

—Lo prometo.

Ni siquiera a Lincoln.

No sé qué tan cercanos son los gemelos, pero parecería que, si fuera a contarle a alguien, sería a él.

—No se lo diré.

Me muevo y mi mano en su cuello se vuelve una caricia; mi pulgar encuentra los puntos de la herida de la sanguijuela.

Ya están mejor que hace un par de horas, pero todavía me hacen querer aullar y transformarme para destrozar al vampiro.

Bajo la cabeza, de a poco, para que ella pueda empujarme si quiere, hacia la piel rota y arrastro la lengua sobre las heridas de nuevo.

Mi miembro se choca contra la bragueta de mis vaqueros. Tener su aroma en mis fosas nasales hace que mi lobo enloquezca, se desespere por marcarla con mi olor. También se siente como tomar una droga poderosa. Una que me hace sentir que he llegado de algún modo. Como si todo lo que busqué esconder mi defecto, mantener mi posición dominante, hubiera acabado.

Ya no fuera necesario.

Pero eso sólo sería verdad si no fuera un lobo.

Cuando levanto la cabeza para ver el rostro de Lauren, ella también parece drogada.

—¿Cómo luce? —Su murmullo rasposo me enloquece.

Lo suficiente como para querer arrancar las sábanas entre nosotros y poner mi cabeza entre sus muslos.

—Mejor. —Mi voz suena profunda y rasposa a mis oídos.

—Mañana usaré un collar.

Oh, Destino. Ahora me la imagino con un collar de perro. O un collar de esclava. Del tipo hecho con cuero suave y un anillo en la garganta para poder ponerle una correa y llevarla. Ordenarle que se ponga de rodillas para chuparme la...

El dolor penetra mis sienes y mi visión se enloquece. Respiro profundo para aclarar mi cabeza. No puedo perder el control.

¿Por qué esta humana empeora tanto mi situación?

Suelto su garganta y busco en mi bolsillo trasero.

—Aquí. —Abro la carta y la pongo sobre su pecho—. Fui un idiota. Lo siento.

Ella toma la carta entre sus dedos como si fuera más preciada que un texto religioso sagrado enviado directamente desde la mano de Dios.

Lo entiendo.

—*Eres* un idiota.

Esa es mi princesa. Siempre me responde.

Pero luego dice «gracias» y todo en mi interior se reacomoda. El deseo de ganarme esas dos palabras de su parte un millón de veces más casi me sobrepasa.

Quiero besarla.

Con desesperación.

Probar esa boca inteligente y presionar mi lengua entre sus labios.

Me conformo con otra lamida de su cuello, aunque ambos sabemos que no es necesario. Pero con el rostro presionado contra su piel, su cabello rozando mi oreja, encuentro mi hogar. El lugar en el que necesito estar.

Muevo la pelvis contra la suya, el bulto de mi miembro encaja entre la unión de sus piernas. Su respiración temblorosa roza contra mi hombro.

El sonido de una puerta que se abre en el pasillo me hace saltar. Alguien más en la casa está despierto. Me arrojo sin sonido por la ventana.

Lauren se sienta en la cama, la carta contra su pecho, sus labios separados.

Vuelvo a poner la pantalla con cuidado y nuestras miradas se unen. Mi visión se enfoca de forma perfecta y todo lo que veo es a ella. La humana es tan hermosa que me hace doler el pecho.

La puerta de su habitación se abre y salgo de vista, espero con la espalda presionada contra la casa hasta que se vuelve a cerrar. Sólo entonces corro hacia el bosque con el aroma de Lauren cubriendo el frente de mi camisa y mi lobo realmente enojado porque no me quedé.

Capítulo diez

Lauren

Debo estar loca porque decido ir al juego del sábado por la noche. Lincoln iba con Rayne y por alguna razón, acepté la invitación de ir con ellos.

Me dije a mí misma que era porque necesitaba salir. Necesitaba hacer un esfuerzo por tener una vida social aquí. Pero la verdad es que tengo esta necesidad casi obsesiva de ver a Abe de nuevo.

Su visita anoche me arruinó la cabeza. Lo odié con cada fibra de mi ser después de que me dijera que se quedaría con la carta de mi mamá, pero luego la trajo de vuelta y se disculpó. Tuvo que subirse encima de mí y recordarme lo duro y firme que es su cuerpo en… *todas partes.*

Después de irse, no pude evitar tocarme, imaginando lo que sería sucumbir ante la tentación de hacerlo con el capitán del equipo de fútbol.

Qué cliché.

Pero aquí estoy en su juego, necesito saber si verlo me quitará el adormecimiento otra vez.

Me suena el teléfono y miro la pantalla. Luke. Lo envío

al buzón de voz. Ahora que decidí que terminaré con él cuando llegue, no soporto siquiera seguir fingiendo. Una semana más y estará aquí para el Baile de bienvenida. Lidiaré con él entonces.

—¿Hueles eso? —Pregunta una chica detrás de mí en la fila del bar del estadio.

—Aján, —le responde su compañera. —Huele a dinero.

Volteo con los ojos entrecerrados porque sé que están hablando de mí. Pero ahora entiendo su problema conmigo y con mi hermano un poco más. No es sólo nuestro dinero o el hecho de que seamos nuevos lo que rechazan. *Es nuestra especie.* No somos uno de ellos.

—Ignóralos. —Rayne me toca el codo.

También debe ser humana. Por eso es una rechazada en la secundaria Wolf Ridge. Es una de las pocas chicas locales que nos habla.

Qué mal porque *mataría* por contarle a alguien lo que pasó ayer.

Por supuesto, le prometí a Abe que no lo haría. Además, aunque Rayne fuera una loba, no podría decirle nada. Quién sabe cuáles son sus obligaciones con la manada. Puede que me reporte o algo así. No quiero que otro ciudadano me arrastre a que me borre la mente un vampiro.

Tiemblo ante el recuerdo.

—¿Tienes frío? —Pregunta Rayne.

—No. —Tomo los nachos y los refrescos que pedí para todos para compartir y caminamos a los asientos que reservó Lincoln en la fila del fondo. Aunque no necesitaba guardar-los. La mayor parte de la multitud está amontonada en el frente. Nadie está peleando por los últimos asientos. Esta ciudad está *loca* por el fútbol.

A los costados, las porristas construyen una pirámide

compleja que involucra cuerpos que vuelan hacia arriba y luego se dan vuelta.

El nivel es de circo, pero no hay una red debajo para atraparlas.

—¿Qué sucede con las porristas? —Mi tono tiene una mezcla de sorpresa y asco.

—Lo sé, —dice Rayne con tristeza—. Es loco, ¿verdad?

—No puedo creer que les permitan todos esos tipos de trucos en la secundaria. Uno creería que es un riesgo de responsabilidad civil.

—No lo sé. Son todas gimnastas. Nunca se cae ninguna.

Oh. ¡Claro! Porque todas son superhumanas. Me llevará un minuto o dos ajustarme a esta nueva perspectiva. De pronto tengo tantas preguntas. Como, ¿se pueden lastimar? ¿Qué tan sencillo es el fútbol para Abe? ¿Su equipo sólo está formado por jugadores lobo? ¿Todo nuestro equipo?

Además, no puedo creer que acabo de pensar en *nuestro* con algo relacionado a esta escuela o ciudad.

Empieza el juego de fútbol y miro a los jugadores en la cancha.

Bueno, bien, miro a Abe, nuestro mariscal de campo estrella. Es hermoso. Tiene el cuerpo de una pura sangre y la gracia y ferocidad de un león. Hace que las jugadas luzcan fáciles. Como si tirar una pelota a través de la mayor parte del campo con un movimiento de muñeca no implicada esfuerzo.

Qué mal que su compañero, J. J. se tropieza cuando toma el pase.

Excepto que... ¿se tropezó?

Abe no parece molesto al respecto. Tampoco los entrenadores. La gente en las gradas alienta como si no fuera un error.

Se me ocurre una idea. ¿Este es un *juego de niños* para

ellos? ¿Tienen que fingir equivocarse porque juegan con equipos humanos?

—¿Entonces Wolf Ridge gana cada partido que juega? —Pregunto.

Rayne mantiene la mirada a los costados de la cancha, donde el pendejo de su hermanastro le ladra órdenes al equipo. Hay algún problema con él estando fuera del equipo de Duke, así que está aquí ayudando a la secundaria Wolf Ridge. Además, hay algún problema entre él y Rayne. Él actúa super posesivo con ella, lo que es extraño.

No lo sé, quizá se gustan.

—No, —responde, todavía mirando a su hermanastro—. El equipo es bueno, pero tienen sus derrotas. Aunque siempre llegan al campeonato estatal.

Abe hace otro pase brillante antes de que lo tiren al suelo. Mejor dicho, *deja que lo tiren al suelo*. Porque apenas se movió cuando lo chocó el primer tipo, y luego cayó con un movimiento agraciado.

Recuerdo cómo se sintió golpearlo. Como golpear una piedra: mis nudillos siguen teniendo moretones. Pero él ni siquiera pestañeó.

El amigo de Abe, Markley, toma la pelota y también lo tiran al suelo con suavidad.

Una vez más, hay aplausos en las gradas.

—¿Por qué aplauden todos? —Pregunto.

Rayne me mira rápido.

—Oh... em, sólo por lo atlético que es. —Ella se encoje de hombros—. Ya sabes... sólo porque Abe hizo ese pase largo. A esta ciudad le encanta verlo en la cancha.

—Claro.

A mí también me encanta verlo en la cancha, aunque no quiera. Parte de mí sigue queriendo odiarlo, pero se vuelve más difícil de mantener. Realmente es algo hermoso. Y ahora sé que no es tan pendejo como me pareció al principio.

—Escuché que casi no pudo jugar el partido porque no estuviste ahí el viernes en la clase de química.

Levanto las cejas.

—¿A qué te refieres?

—Tienen que mantener un promedio de C para jugar. Abe piensa que no tiene que hacer trabajos escolares, así para él es semana a semana. Apenas lo mantiene. Creo que el año pasado lo dejaron afuera un par de veces por malas notas.

—¿Eso lo molestó?

—¿Algo lo molesta? —Se mofa Rayne—.

Molestó al resto de la ciudad, eso es seguro. Seguro le dio algo a su papá. Abe nunca llegará a la imagen de niño perfecto de su hermano. Parte de mí piensa que por eso se volvió un pendejo en estos últimos años.

—¿No solía ser un pendejo?

Rayne niega con la cabeza.

—No. Esto parecerá una locura, pero solía pensar que él era tierno.

Lincoln, que ha estado ignorando la conversación hasta ahora, resopla.

—Dulce no es una palabra que elegiría para describirlo.

—Yo tampoco, —murmuro, pero me hace ruido. Abe ha mostrado señales de ser dulce. Regresó al acantilado a buscar la carta de mi mamá. También le disparó a un vampiro por mí y me devolvió la carta a mitad de la noche. Es verdad, las últimas dos cosas compensan haber sido un pendejo, así que no cuentan. Pero sí, puedo ver a qué se refiere Rayne.

Hay algo de dulzura mezclada con toda esa arrogancia.

Una ráfaga de viento sopla a nuestras espaldas y nos

alivia del calor. En la cancha, Abe busca a un jugador libre para hacer un pase. Luego, de pronto, su cabeza gira a las gradas.

Por alguna razón inexplicable, mi corazón empieza a latir con fuerza. Pienso, tontamente, que puede estar buscándome.

Abe no ve al jugador del otro equipo que corre hacia él.

Me sorprende mi instinto de pararme y señalarlo, pero por supuesto que no lo hago. Sólo me siento quieta y miro cuando lo tiran al suelo.

Esta vez no es de forma agraciada.

Definitivamente estaba haciendo que jugaba antes. La multitud inestable le grita y lo abuchea.

Abe se levanta y luego se vuelve a arrodillar, toma los costados de su casco a la altura de sus sienes.

Ahora *sí* me levanto. —Cállense, —les grito a los que están abucheando—. ¡Está lastimado!

* * *

Abe

El dolor en mis sienes me ciega. No, es al revés; son mis ojos los que causan el dolor. Podría haber jurado que sentí el aroma de Lauren en el viento y mi lobo enloqueció. Perdí la concentración en el juego.

Es la primera vez que me han tirado sin que yo dejara que pasara. Intento levantarme, pero caigo hacia atrás y luego de rodillas.

Mis compañeros de equipo no me prestan atención. Espero que piensen que estoy actuando. Por supuesto, para las apariencias, también deberían fingir preocuparse. Pero es un jugador del equipo de Cave Hills quien me pone una mano en la espalda y se acerca.

—¿Están bien, amigo?

—Sí, —miento—. Sólo necesito un minuto.

Todavía no puedo ver nada, maldición. Respiro profundo, intento hacer que mis ojos se concentren. Y entonces mi papá está en la cancha de repente, sostiene los costados de mi casco y me hace pararme.

—Lo tengo. Soy doctor, —le dice al jugador de Cave Hills. —A mí, me murmura—, está bien, hijo. —Acerca su frente contra mi casco—. Respira profundo. —Su voz es tan baja que apenas logro escucharla. Por supuesto, el mayor miedo de mi papá es que el secreto sucio de nuestra familia se descubra. Que nuestro ADN defectuoso salga a la luz y él pierda su posición en el consejo.

—¡Eso intento! —Gruño.

—Bueno, —me calma—. Ahora, *transfórmate en humano.* —Él usa una orden alfa en su voz para obligar a mi cuerpo a cumplirla. Ya estoy en forma humana, evidentemente, pero mis ojos no parecen saberlo.

Funciona, al menos de forma parcial. Parte de mi visión vuelve en la periferia. Hasta que siento otro dejo dulce del aroma de Lauren y mi lobo se vuelve loco.

Apenas contengo un grito de agonía que busca salir disparado de mi boca.

—*Forma. Humana.* —Una vez más, la orden alfa se mueve en mi cuerpo y me provoca escalofríos, rebota en mis extremidades hasta mis dedos. Mis articulaciones suenan, y mi visión se reinicia.

—Estoy bien. —Inclino la cabeza para mostrarle a mi papá que regresé.

—Ese es mi chico. Lo tienes, Abe. Olvídalo y ve a patear traseros allí afuera.

—No se supone que pateemos traseros hoy, —murmuro.

El entrenador Jamison y Wilde decidieron que deberíamos perder este juego. La secundaria Wolf Ridge no puede ganar siempre o llamaría mucho la atención hacia nuestra pequeña ciudad. Los entrenadores nos dicen antes del partido cómo quieren que juguemos. El resultado es un secreto para la comunidad, así vienen a ver los partidos de todos modos.

—Bueno, entonces hazlo con estilo. Y luego quiero que vengas a la clínica después del partido. Tengo que hacerte unas pruebas. Mi papá golpea el costado de mi casco y se va trotando.

Mierda. Más pruebas. Esa es toda mi relación con mi papá últimamente.

Pero igual, para hacerlo feliz, giro hacia las gradas y levanto el puño en el aire. Tengo que mostrarle a la escuela que estoy bien. El aplauso es tibio. La secundaria Wolf Ridge y el resto de la comunidad debe saber que fue un golpe real porque no estaba prestando atención. Quieren un buen espectáculo ya sea que ganemos o perdamos. Están aquí por el entretenimiento y los decepcioné.

Se los compensaré más tarde. Ahora mismo, estoy observando las gradas.

Ahí. En el fondo.

Veo a Lauren con su gemelo, Lincoln, junto con Rayne, la enana. Pero no se supone que la siga llamando así. Wilde se ha vuelvo sobreprotector de su nueva hermanastra. Me acorraló en el vestuario y me dijo que tenía que hacer que todos la votaran como la Reina del Baile de bienvenida.

Como si no tuviera que esparcir mis propias mentiras para que la escuela las creyera. Ahora tengo que también pensar en cómo lograr esto.

Lauren también está mirándome. Ni bien se unen nuestras miradas, es como si un rayo diera con mi cuerpo. Me empieza a temblar el ojo.

Mierda.

Tengo que mirar rápido a otro lado. No puedo tener otro episodio. No aquí. No frente a todos, así.

—Abe, ¿qué sucede? —Ahora Wilde está frente a mí.

Niego con la cabeza e intento sacudirme para deshacerme de los cambios que me provocó Lauren.

Me encojo de hombros aunque no vaya a notar el movimiento bajo mis hombreras.

—Sólo estoy jugando. —Le dedico mi sonrisa más engreída.

Se acerca a mi rostro.

—Bueno, luces como un idiota. Muestra un poco más de habilidad si dejarás que te pateen el trasero, por el amor de dios.

—Vamos, —agrego una gran dosis de arrogancia a mi voz—. Eso fue muy realista, ¿verdad?

J. J. se ríe.

—Lo fue. —Markley me choca el puño mientras trotamos a nuestras posiciones en la cancha.

Hago mi mayor esfuerzo por mejorar el entretenimiento durante el resto del partido, tirando pases que hacen que mis compañeros de equipo tengan que hacer movimientos semi milagrosos para atraparlos y dando saltos hacia atrás para hacer un touchdown.

Después del partido, los estudiantes se juntan afuera de las gradas y hacen sus planes. Estoy ocupado luciéndome ante todos, asegurándome de que nadie piense que algo anda mal, pero todo el tiempo busco a Lauren en la multitud.

No tengo suerte.

Ella y su gemelo parecen haber desaparecido.

Veo a Casey Muchmore liderando un gran grupo de

jugadoras de vóley y porristas. Ella me mira rápido. Debería acercarme y pedirle ir al Baile de bienvenida.

Para ser honesto, hemos estado un par de veces durante las corridas de luna llena. Su hermano mayor, Cole, me patearía el trasero hasta Kansas si lo supiera, y su papá probablemente me asesinaría. El tipo solía beber demasiado y ponerse violento.

La cosa es que no me siento mal porque no creo que signifique algo más para ella que para mí. Creo que se sentía curiosa sexualmente. Yo también.

Ella fue bastante atrevida al decirme cómo lo quería y qué le gustaba. Estuvo bien; no diría que nos volvió locos a ninguno de los dos. Para mí fue una experimentación normal de adolescentes. Ni por un momento tuve la impresión de que ella tenía alguna conexión emocional u expectativa hacia mí por ser algo para el otro en la escuela o donde fuera.

Así que el que ahora me mire es casi extraño. Pero Casey es lo suficientemente alfa como para que yo casi espere que ella se acerque y me pida que la invite.

Excepto que no lo hace. Por alguna razón, tengo la sensación de que espera que no lo haga.

Aunque eso no tiene sentido. Esperaba que fuéramos juntos porque seríamos el Rey y la Reina del Baile de bienvenida.

Lo seríamos si ahora no tuviera que pensar en cómo hacer que voten a Rayne como reina sin perder la dignidad ante literalmente todos.

River, una de las porristas, también voltea a verme. Casey toca la cintura de River de inmediato de una forma que parece una caricia tanto posesiva como reconfortante.

Oh. No sé por qué no noté eso en ella antes. Quizá ya tenga una cita sensual para el Baile de bienvenida.

—Ey, Abe, ¿conducirás a la meseta? —Pregunta J.J.

Los chicos populares van allí después del juego para pasar el rato con las lobas alrededor de un fogón, coquetear y hacer tonterías.

—No puedo, estoy castigado, —miento—. A prueba por las notas otra vez. Esa parte es verdad.

—Qué mal. Bueno, te veo más tarde, amigo. —Chocamos los puños y me acerco a mi Land Rover; busco el Tesla en el estacionamiento aunque sé que los gemelos se deben haber ido hace rato.

Mi papá me escribe: **Estoy esperando.**

Bueno, bien. Tengo que detener esta obsesión con Lauren Sterling. Ella es la razón por la que tengo que pasar el resto de la noche en la clínica de mi papá en vez de juntarme con mis amigos.

Es la razón por la que mi condición está empeorando.

Si fuera inteligente, molestaría a algún otro chico en química para que fuera mi compañero y me mantendría bien alejado de ella.

No, si fuera realmente inteligente, encontraría un vampiro diferente para borrarle la mente y hacer que le pidiera cambiarse de escuela o irse de la ciudad.

Un dolor punzante me apuñala la siente y gruño de forma involuntaria ante el dolor repentino.

Mierda. Ahora siquiera pensar en ella me provoca un episodio. Se está volviendo mucho peor.

Esta chica destruirá todo para mí: expondrá mi debilidad, me hará perder mi posición como alfa, lastimará a mi padre.

Y no quiero que se detenga.

No parece que pueda poner la más mínima distancia entre nosotros como para prevenir mi total destrucción.

Capítulo once

El lunes es el día de la elección de la realeza del Baile de bienvenida. J.J. hace sus rondas como presidente de la clase y pasa las votaciones. Ya les dije a todos los jugadores que se aseguren de que Rayne gane como reina y les dije que se lo comunicaran a todos.

Hasta ahora, nadie lo ha mencionado.

Eso es lo bueno de tener un estatus de alfa. Cuando doy una orden, se la obedece a ciegas.

Por eso mantener mi estatus es imprescindible. Evita que alguien cuestione mi comportamiento cuando no puedo leer el pizarrón o una página con instrucciones. Cuando no puedo funcionar en la clase o en la cancha.

Aunque después de las pruebas de anoche en la clínica de mi papá, decidí evitar a Lauren tanto como fuera posible, como si ella fuera una adicción para mí.

Estoy buscándola en los pasillos mientras camino con J. J. y Markley. Desperado por sentir su olor. Por mirar esas piernas esbeltas caminando en sus pantalones bien cortos y zapatos de plataforma. Por ver cada vez que arroja la melena suya, gruesa y cobriza, hacia atrás.

El olor de su hermano me llega desde una esquina. No tiene ningún efecto en mí, no como el de Lauren, pero no me parece asqueroso como el del resto de la población humana.

Está parado cerca de Rayne.

—Como dije, es sólo como amigos. No estoy buscando una cita real si eso es lo que te preocupa.

—Me encantaría, —responde Rayne.

Me detengo.

—¿Qué es esto? —Actúo como un pendejo para que nadie sepa que estoy desesperado por conseguir información sobre Lauren—. ¿La enana y el chico nuevo irán al baile?

J.J. pone una mano sobre mi hombro.

—*Abe*. —Me advierte, recordándome que Wilde me amenazó con patearme el trasero si molestaba a su nueva hermanastra.

Así que pongo mi atención en Lincoln.

—¿Es una cita doble?

Lincoln y Rayne me miran fijo.

Mierda. Intentaba no ser muy evidente, pero ahora tengo que deletrearlo.

—¿Quién llevará a tu hermana?

El labio superior de Lincoln se levanta. Como su hermana, no me tiene miedo a mí ni al poder que tengo en esta escuela.

—Su *novio*.

Novio.

No. Vio.

¿Acaba de decir *novio*?

Mi lobo se enfurece, listo para hacer aplastar cada casillero del pasillo.

—¿Ah, sí? —Lucho por mantener el control de mi voz. Mi visión ya se enloqueció; el dolor aparece en ambas sienes y corre por mi nuca hasta mis hombros—. *¿Quién es?*

Encontraré al idiota que invitó a Lauren al baile y le arrancaré ambas orejas. Le voy a…

—No es de tu incumbencia, Abe. —Rayne cierra el casillero de un golpe y toma el brazo de Lincoln para llevárselo.

—Ten cuidado, ena… Rayne. —No puedo ver a ninguno de ellos. Todo el pasillo se volvió un negro difuso y sólo veo los bordes de mi periferia.

Tengo a los chicos de la escuela entrenados para alejarse cuando paso, y funciona a mi favor ahora porque un gritito de alguien que salta para moverse del camino me dice que casi me choqué con una pared.

Uso mi audición y sentido del olfato para navegar el recorrido hasta mi próxima clase. Sin querer me siento en la silla de al lado de mi lugar asignado, pero el tipo al que le pertenece me dice,

—Sí, puedes tomar mi silla, amigo.

Pongo una sonrisa engreída en mi rostro cuando me levanto de un salto.

—Sólo bromeaba, amigo. —Me muevo al asiento correcto.

Me obligo a no pensar en Lauren.

En su maldito *novio* que la llevará al Baile de bienvenida.

En lo que mi lobo quiere hacerle al tipo.

Necesito pasar esta semana para poder jugar en el juego del jueves por la noche o mi papá nunca me perdonará. Eso significa que no puedo mirar o hablarle o siquiera respirar cerca de la princesa de hielo.

Si lo hago, no sé qué hará mi lobo.

* * *

Lauren

El pequeño brote de interés que tuve en ver a Abe en la escuela muere rápido el lunes por la tarde. Lleva una expresión malhumorada y de pendejo en Química y, por primera vez, me ignora.

Estoy acostumbrada a sus malos tratos. A la atención que me da, aunque sean chistes y burlas. No estoy acostumbrada a que finja que no existo.

No me duele. Estoy demasiado desafectada como para sentir algo que se parezca a que me importe esta situación. Pero la pequeña chispa de vida que le dio Abe a mi sistema este fin de semana se apaga. Vuelvo a sentirme adormecida.

Vuelvo a preguntarme si alguna vez se terminará y todo se despejará. Si volveré a ser humana.

Y tengo el Baile de bienvenida y tener que terminar con Luke este fin de semana próximo.

Sí.

La idiotez de Abe continúa toda la semana. Intento reconciliarme con esta nueva versión de él, no con su actuación para la escuela, sino con el tipo que me dejó llorar en su pecho. El tipo que admitió que se sentía atraído por mí. El tipo que se metió por mi ventana y se subió encima de mí en la cama. Que me hizo mojarme de sólo sentir sus músculos duros e imaginarme cómo sería tenerlo dentro de mí.

Ahora casi me pregunto si imaginé todo eso, maldición.

Quizás esté enloqueciendo. Necesitaba tanto sentir algo que inventé un hombre lobo y un vampiro y un secuestro ardiente por parte del deportista de la escuela. Busco evidencia de hombres lobo en cada clase, pero no veo nada para confirmar o negar mi experiencia.

El jueves, estamos juntos en el laboratorio con un nuevo trabajo práctico. Abe se para a cierta distancia de mí, su cuerpo tenso y rígido, sus fosas nasales abiertas. Intento borrar el recuerdo de cómo lucían esos músculos gloriosos debajo de la camiseta casual y los caquis.

—¿Piensas trabajar hoy? —Le digo de mala forma.

Él sólo se encoje de hombros.

Maldito sea.

Realmente extraño nuestras discusiones cotidianas, los dos molestándonos y fingiendo, pero Abe sigue luciendo como un asesino. Como si yo fuera la que le hubiera hecho algo en vez de al revés.

Y yo iba a perdonarlo por secuestrarme y dejar que un vampiro me chupara la sangre. Por intentar borrar los recuerdos de él.

Si es que algo de eso siquiera sucedió.

Ahora estoy realmente enfadada.

No haré este trabajo de laboratorio sola y volveré a dejar que él se lleve el crédito. Escuché lo que dijo Rayne; casi no pudo jugar el último partido porque no estuve en clase para ayudarlo en el laboratorio. Bueno, esta noche es el juego del Baile de bienvenida que empiece, así que, si quiere jugar, tendrá que aprobar este laboratorio.

Me pongo mis gafas protectoras. Normalmente soy la que suele ignorarlo mientras él intenta molestarme. Ahora tomo la ofensiva.

—Vamos, campeón. —Empujo la hoja de instrucciones sobre la mesa del laboratorio hacia él.

Un músculo tiembla en su mejilla, pero levanta el mentón para mirarme de forma despectiva. Vuelve la arrogancia. Ahora estoy segura de que es algo que finge sentir y no sentir. Algo que lleva como una chaqueta del equipo.

—No soy tu ayudante, Perla.

Ahí está, hablando de dinero otra vez. Vuelve a culparme cuando él ha sido el que me trató a *mí* como la chica de los mandados.

Me encojo de hombros y le sonrío como diciendo *¿qué-vas-a-hacer?*

—Ya no haré tu trabajo por ti, mariscal de campo. Así que, si quieres jugar en el partido de esta noche, supongo que será mejor que pienses cómo hacer este trabajo.

Noto la tensión en su rostro antes de que la oculte. Tenía razón. Me necesita mucho más de lo que lo demuestra.

—¿En serio? —Su voz se llena de una incredulidad exagerada. ¿Te llevarás una F en el trabajo de laboratorio de hoy, Srita. Pura A?

—Puedo fingir tener dolores menstruales, irme, y compensarlo luego como hice con el del viernes. ¿Pero tú no tienes ese lujo, verdad?

Él empuja la lengua contra su mejilla y sus ojos se entrecierran.

Muestro las manos.

—Así que adelante, estrella. Muéstrame cómo se hace.

Tomo la hoja de instrucciones y la muevo en su rostro.

Él toma mi muñeca y me lleva contra su cuerpo. Su otra mano está por encima de mi cadera, enciende cada terminación nerviosa en su cercanía. Estamos lo suficientemente cerca como para sentir el calor de su cuerpo a través de mi ropa.

—Cuidado, Perla, —murmura-gruñe—. Nunca sabes qué podría pasarte si te acercas tanto a mí—. Sus ojos brillan de un azul helado. Su lobo se está mostrando. ¿Cuántas veces me perdí esta verdad antes?

Al menos sé con certeza que no estoy enloqueciendo.

—No querríamos que pasara algo que molestara a tu *novio* en tu ciudad, ¿verdad? —-Escupe la palabra *novio* como si fuera veneno en su lengua.

Mi boca se abre con sorpresa.

Bueno, ¿cómo saberlo? Abe está celoso. Ahora su enojo tiene sentido.

Alguien debe haberle dicho que tenía una cita para el baile de bienvenida. Lincoln o Rayne, ya que no hablo con nadie más en esta escuela.

Eso explica por qué ha estado tan enojado conmigo toda la semana.

Si no hubiera sido un pendejo, podría haberlo perdonado y haberle dicho la verdad acerca de la visita de Luke. Pero no le debo eso. No le debo nada.

Así que sólo estiro la mano, estiro las gafas de su frente y las suelto para que le golpeen la nariz.

—Así es, no querríamos eso.

Sus ojos vuelven a brillar de un azul helado. Su mano se tensa en mi cadera, sus dedos retuercen la tela de mis pantalones cortos de denim.

Con un rugido, mi cuerpo vuelve a la vida. El laboratorio negro y blanco toma color. Las sensaciones se despiertan. Me hacen cosquillas los pezones, un latido lento y caliente suena entre mis piernas.

Se me corta la respiración.

Él tampoco está respirando.

Es como si los dos estuviéramos suspendidos en el tiempo, nuestras miradas enojadas unidas con la del otro. Él sigue sosteniendo mi muñeca y sus pulgares empiezan a moverse sobre mi pulso allí. De a poco lleva mi mano hacia su boca. Sus labios se separan.

Son labios tan sensuales para un tipo, gruesos e hinchados. Me pregunto cómo sería que me besara.

Él me muerde un nudillo. No fuerte, sino suavemente.

Un sonido extraño y cantarín sale de mi boca. Algo como, *Ahhh... oh.*

No tengo idea de qué me quiere decir con esa mordida. ¿Fue un castigo? ¿Seducción? ¿Una advertencia?

Todo lo que sé es que se siente como si un rayo hubiera chocado contra mi columna. Enciende escalofríos en todo mi cuerpo. Estoy roja por el calor, hambrienta por más.

Finalmente logró hacer lo que intenta desde el primer día de clases: desconcertarme.

Saco la mano de la suya rápido y observo su rostro.

Una sonrisa lenta y engreída aparece.

Maldito sea.

Debería irme. Dejarlo para que vea cómo hacer este trabajo de laboratorio solo. Pero algo no me deja moverme.

Abe suelta mi muñeca y mi cintura de a poco, así que apenas noto cuando me libera.

Empuja la hoja de instrucciones sobre la mesada hacia mí. Por alguna razón, piensa que ha ganado. Porque me perturbó. Piensa que me domó.

Como mis pies se niegan a alejarse, pongo mi atención en el laboratorio, donde debería haber estado todo este tiempo de todos modos. Bajo los vasos de precipitación y los tubos de ensayo.

—¿Cuánta solución necesitamos? —Pregunto.

Abe mira hacia abajo al papel, entrecierra los ojos, y vuelve a mirar hacia arriba. Luego toma la solución que sostengo, no de forma caballerosa, sino más como quitándomela de una forma como *es mía.*

—Dímelo tú, —me desafía.

Me quedo mirándolo, intento descifrar a este tipo realmente confuso. Y entonces me doy cuenta de lo que debería haber sabido hace semanas cuando comenzó todo este juego de hacerme hacer el trabajo por él.

Puede que Abe realmente tenga *dificultades* con el trabajo escolar. ¿Y si no es sólo vagancia? Podría ser uno de esos atletas de universidad de los que te enteras que nunca aprendieron a leer a un nivel mayor que el tercer grado y de algún modo logran fingir para aprobar por su habilidad física. O quizá no pueda leer para nada.

Recuerdo que entrecerraba los ojos para mirar el mensaje de texto en mi teléfono de la misma manera.

¿Puede que sea disléxico? ¿O neurodivergente de alguna forma no diagnosticada?

O quizá sí esté diagnosticado, pero no quiera que nadie lo sepa. Podría ser el típico bravucón, usa una fachada e intimidación para cubrir lo que percibe como su propia debilidad.

Eh.

Es una idea interesante. Si tengo razón, podría hacerlo menos detestable.

Dejo de ser condescendiente y sólo finjo que es un compañero normal de laboratorio que está dispuesto a compartir el trabajo. Le doy instrucciones y narro en voz alta lo que hago.

Y él... me sigue.

De hecho, parece estar algo aliviado.

Bueno.

Aprendí algo nuevo.

Terminamos el laboratorio con resultados perfectos y la Srita. Miller se acerca a felicitarnos.

Cuando se aleja, Abe se quita las gafas y cruza los brazos sobre su pecho en su típica forma engreída.

—Eres buena en esto, Perla.

Tú no lo eres. No lo digo en voz alta.

Tengo mucha compasión por él de repente. Aunque sea un verdadero idiota la mayor parte del tiempo, al menos ahora lo entiendo más.

—Supongo que esta noche podrás jugar a la pelota después de todo.

Suena el timbre y tomo mi mochila.

—Te veo allí.

Él me mira con una sonrisa digna de Hollywood, seguida de un guiño de ojo.

Me fascina mi propio interés que surge como respuesta. Estas señales de vida que saca de mi interior.

—No iré, —le digo a su espalda que se aleja.

Él voltea y su sonrisa se vuelve más grande.

—Ah, estarás allí.

Capítulo doce

be
—*Transfórmate.*

Estoy desnudo en el piso de la clínica de mi papá con electrodos pegados a mi cabeza.

Otra vez.

La luna está casi llena y tuve otro episodio durante el juego de bienvenida después de ser coronado rey con Rayne la enana como reina.

Me transformo en mi forma de lobo con la orden de mi padre. Él no me está mirando; está viendo las lecturas en su pantalla.

—Ahora vuelve a transformarte.

Desnudo otra vez. No me molesto en pararme.

—¿En qué estabas pensando cuando tuviste el episodio?

Intento no pensar en el aroma de manzana acaramelada de Lauren. O en lo que me provocó verla en el fondo de las gradas.

Un dolor punzante azota mi sien derecha y me quejo.

—Allí. Fue eso. ¿En qué estás pensando ahora?

—Nada, —resoplo—. Sólo en el juego.

Rayne ni siquiera bajó a buscar su corona. Podría haber sido la Lauren como mi reina, maldición.

Eso podría haber calmado un poco a mi lobo. Saber que podría quitársela al novio a quien necesito matar y tenerla en mis brazos para un baile. Mi lobo ha estado enloquecido toda la semana. Mis episodios se vuelven más frecuentes. Apenas puedo ver algo en la escuela ahora con sólo saber que ella está en el edificio.

Tuve que correr en el bosque todas las noches, arañando árboles y rocas para liberar mi agresión acumulada. Acechando el perímetro de la mansión Sterling. Nadie ha estado allí. No he sentido ningún olor nuevo.

¿Tal vez Lincoln sólo dijo que había un novio para molestarme?

Pero eso significaría que sabe que me importa Lauren, lo que sería otro gran problema.

Apenas contengo de la violencia que siento hacia el otro equipo esta noche, pensando en que podría ser uno de ellos. No es probable, pero nunca se sabe.

No es nadie de Wolf Ridge o lo sabría.

Lo único que me alivió fue poder tocarla hoy en química. Ese sonido necesitado de gemido que salió de sus labios cuando le mordí los nudillos.

Su aroma me dijo que sin importar quién sea este payaso al que llama novio, yo soy el tipo que la excita. En el que ha estado pensando cuando se toca a la noche.

Si es que se toca a la noche.

Oh, Destino... muevo la cadera hacia el suelo para ocultar mi erección repentina.

—¡Eso es! Volviste a hacerlo. —Por suerte mi papá sigue mirando la pantalla—. ¿En qué estás pensando ahora? —

Está emocionado, como si estuviera a punto de resolver mi defecto genético.

—Nada, —jadeo. El dolor me golpea detrás de ambos ojos y en la base del cráneo. Mi estómago se cierra más que un puño.

Mi papá voltea de mirar la pantalla, su silla con rueditas chilla con el movimiento.

—Estás mintiendo. —Hay peligro en su tono.

Mi papá es relajado a comparación de otros transformistas hombres. Tiene una autoridad tranquila sin necesidad de respaldarla con agresión física. Siempre se lo adjudiqué a que fue a la universidad y estudió medicina con humanos. Y por supuesto, su práctica familiar sólo trata humanos porque los transformistas rara vez se enferman o lastiman. Ha tenido que mezclarse con humanos y mostrar un lado más gentil.

Pero este defecto mío es lo único que lo saca de quicio. Y olió la mentira.

Cierro fuerte los ojos e intento alejar el dolor. No le diré nada acerca de Lauren. Ya me advirtió nuestro alfa que me mantuviera alejado de ella.

Y mi papá ni siquiera quiere que *piense* en una humana.

Ni bien supimos que tenía el defecto familiar, él comenzó a taladrarme la necesidad de aparearme con una loba alfa.

Olvídense de encontrar a su pareja destinada. Se quedarán con la mujer más alfa que encuentren ni bien puedan y comenzarán a procrear. Necesitamos limpiar nuestro linaje de este defecto, nos dijo siempre a Austin y a mí.

Por supuesto, siempre argumenté que tenía más sentido no tener cachorros en absoluto, pero no estuvo de acuerdo.

Quiere conquistar esta cosa al reproducirla hasta que salga de nuestro linaje.

Es extraño y enroscado, pero básicamente todo su propósito en la vida. Su mamá lo tuvo y es la razón por la que se volvió doctor.

—Sólo es la luna llena, —me quejo.

Mi papá está en silencio. Sabe que sigo mintiendo. Espero que se levante y se ponga sobre mí. Que use una orden alfa para hacerme hablar.

Los segundos pasan. Controlo mi respiración. Mi visión empieza a aclararse. Abro los ojos.

La cabeza de mi papá está entre sus manos en una imagen de derrota.

Su decepción es mucho peor que su ira.

—Lo controlaré, —le prometo sin ninguna esperanza de que sea real.

—Tienes que hacerlo, hijo.

—Lo haré.

—Estoy intentando ayudarte, pero si quieres que me aleje, lo haré.

Me arden los ojos.

—No. —Sueno ahogado—. Lo agradezco, papá. Sólo... creo que necesito correr ahora mismo.

—¿Correr *adónde*? —Su voz es fuerte, como si supiera lo que estoy planeando.

Como si sospechara adónde he estado yendo cada noche cuando me escapo por la ventana. Como si supiera que necesito acercarme lo suficiente a Lauren como para volver a sentir su aroma.

Me arrastro hasta ponerme de pie. Sólo puedo ver por la periferia, pero me estoy volviendo cada vez mejor en esconderlo.

—Sólo saldré. —Reboto sobre la parte curva de mis pies—. Necesito liberar mi agresión del partido.

—Entonces ve. —Suena cansado. Como si se arrepintiera de tenerme y de pasarme su defecto genético.

Me pongo la ropa.

Mierda. Si mi papá está tan decepcionado en mí por algo que no puedo controlar, ¿cómo se sentiría si se enterara de que lo he estado desafiando? ¿De que mi lobo desea a una humana?

Una humana que ha visto mi lobo.

Mucho peor, fallé en borrarle la memoria y no tengo nada que usar en su contra. No es como si me amara o siquiera le importara. Ella tiene *novio*, por el amor de Dios. Un tipo al que *realmente* podría matar si no controlo a mi lobo.

* * *

Lauren

Luke baja la ventana y deja que el aire caliente entre al Tesla que compartimos Lincoln y yo.

—Pasemos por la fraternidad de mi primo de camino. Dijo que tendrían una fiesta tranquila esta noche.

Estoy teniendo mi peor experiencia de pecera desde que murió mi mamá.

Lincoln y yo recogimos a Luke del Aeropuerto Sky Harbor después del juego de bienvenida y ahora son casi las doce. Traje a Lincoln y lo hice conducir porque no estaba lista para ver a Luke a solas o siquiera sentarme en el asiento delantero con él. Todo esto es tan incómodo. He postergado terminar con él demasiado tiempo y sin importar cómo lo haga ahora, se sentirá como el momento equivocado.

Está bien porque ellos dos son buenos amigos. O lo eran cuando vivíamos en Manhattan.

—Nah, amigo. Es noche escolar para nosotros. —Lincoln me salva de responder—. Además, Tempe está en la dirección opuesta a Wolf Ridge.

—¿Qué tan lejos? —pregunta, sacando un vaporizador de su bolsillo y succionando.

Lincoln presiona el acelerador y nuestro coche eléctrico sale disparado, acortando de inmediato la distancia entre nosotros y el coche de enfrente en la autopista.

—No lo sé, al menos cuarenta y cinco minutos, quizás una hora. Podrías buscarlo en Google Maps.

—Ustedes deberían faltar a la escuela mañana. ¿Qué se supone que haga todo el día? —Se queja Luke.

—Te dije cuando reservaste el vuelo que no vinieras hasta el viernes, —le recuerdo desde el asiento de atrás—. Dijiste que podías entretenerte solo. Parece que te toca pasar el tiempo con nuestro papá.

—Eso está bien, Joe me ama. Puede mostrarme las vistas de Arizona.

Apenas me contengo de poner los ojos en blanco. Pero Luke tiene razón. Nuestro papá sí lo ama porque es el único hijo de su amigo abogado de Wall Street y compañero de golf.

—O podría tomar un Uber hasta ASU para ver a Eric. —Luke le está escribiendo a su primo, estudiante de ASU que estudia una titulación doble en fiestas.

Creo que parte de la razón por la que insistió en volar aquí para el Baile de bienvenida fue la oportunidad de ir a fiestas universitarias con su primo. No estoy segura de qué piensa que encontrará allí. ¿Qué sería mucho mejor que las fiestas que ya tiene en la costa este?

—Dice que harán una gran fiesta el sábado por la noche. Podríamos no ir al Baile de bienvenida e ir allí.

Lincoln gruñe sin mucho compromiso.

Debería tomar la oportunidad de no ir a un evento de la secundaria Wolf Ridge. No es que me importe vestirme bien y que alguien allí me vea.

Pero el retorcijón en mi plexo solar dice lo contrario.

Recuerdo los celos de Abe por mi cita para el Baile de bienvenida. La idea me llena de un calor que se expande, como cuando bebes un sorbo de whiskey y te ahogas con el fuego.

Y aunque no le debo nada, *sí* me siento culpable por estar con Luke ahora mismo. Como si estuviera engañando a Abe, un tipo al que nunca besé. Un tipo que actúa como si me odiara en la escuela por mi especie.

Qué imbécil.

Pero ahora no puedo dejar de pensar en Abe. Él ocupa mis pensamientos durante todo el camino a casa mientras Luke sigue hablando de sus amigos en casa, contándole los chismes que ya compartió al menos tres veces conmigo a Lincoln. Entre más habla, más desconectada me siento de mi vida pasada. Los nombres son familiares. La voz de Luke y sus historias son familiares, pero era otra persona cuando fui parte de esa vida. Puede que odie todo acerca de Arizona, pero nada acerca de mi antigua vida sigue resonando conmigo.

Llegamos a Wolf Ridge por la cima de la Colina Moongaze. No puedo evitar mirar en la oscuridad que rodea nuestra entrada para ver si distingo un destello de pelaje.

Los pelos de mi nuca se ponen de punta, pero no veo nada. Igual me siento segura de que Abe está allí afuera, mirando. Lo he visto todas las noches de esta semana.

Es lo que hizo que la mordida de Abe no fuera sólo por

ser un pendejo en la escuela. Me encanta saber que está tan obsesionado conmigo que merodea mi cada todas las noches después de la hora de ir a la cama.

Lincoln estaciona en el garaje de tres coches que está debajo de la casa y los tres subimos las escaleras.

—Ey, Joe. Hace mucho no te veo. —Luke adopta un tono jocoso y tonto mientras estrecha la mano de mi papá.

Me incomoda lo que debe ver. Mi papá, una vez el poderoso gerente de un fondo de inversión, ahora parece un hombre viejo y desempleado. No está afeitado, y saluda a un huésped en su casa con pijamas y una bata, algo que nunca habría hecho antes de la muerte de mamá. Sus hombros alguna vez orgullosos ahora están encorvados y redondos, y su cabello se ha vuelvo canoso. Hay un aire de derrota y de depresión que lo rodea.

Luke sabe que nuestro papá intentó suicidarse después de que muriera mamá, y mudarnos a Arizona fue nuestro intento de mantenerlo con vida. No debería avergonzarme.

Sólo que ya puedo oírlo contándole la noticia a todos en Landhower. Qué triste que es que nuestro papá ahora apenas sea funcional. Qué patéticas son nuestras vidas en el cálido y polvoriento Wolf Ridge.

Para escapar de la escena, camino hacia uno de los ventanales gigantes que rodean el piso principal de la casa y miro hacia la línea de árboles. Estoy adormecida otra vez, como atrapada dentro de una esfera de nieve y sin poder salir.

Abe es el único que alguna vez puede abrirla para mí.

Allí.

Veo el reflejo de un par de ojos azules helados. Mi pulso se acelera. La esfera de nieve se rompe y el líquido se derrama. Estoy despierta otra vez.

Viva.

Las comisuras de mis labios se levantan.

—¿Qué sucede, Lauren? —La voz de mi papá es severa—. ¿Ves a ese lobo otra vez? Está obsesionado con la situación del lobo, lo cual es un problema ahora que sé que es Abe.

—¿Qué lobo? —Pregunta Luke. ¿El que intentó entrar por tu ventana?

Maldición. Ahora desearía nunca habérselo contado a nadie. Desearía no haber gritado y despertado a toda la casa cuando sucedió.

Lincoln viene a pararse junto a mí en la ventana.

—No, no hay nada aquí. —Busco el control remoto que controla todas las persianas de la sala de estar.

—¡Sí, allí está; vi algo moverse! —Dice Lincoln. —¿Es gris?

Mierda.

—¡Busca el rifle detrás de la puerta! —instruye mi papá, y Luke se abalanza para tomarlo—. El Departamento de Pesca y Recreación no ha hecho ninguna maldita cosa para matar a esa bestia rabiosa. La mataré yo mismo.

Pero parece que Luke quiere ser el héroe. Abre la puerta con el rifle en la mano. No sé si siquiera sabe cómo disparar esa cosa.

—¡No, espera! —Intento pasar hacia la puerta primero, pero los dos quedamos atrapados en el marco con el largo rifle entre nosotros.

Un gruñido sale de entre las sombras.

—¡Espera! —Vuelvo a gritar, mientras bajo corriendo los escalones y salgo hacia el camino del jardín.

—Hazte atrás, Lauren. —Luke está viviendo algún tipo de fantasía heroica ahora mismo.

Por encima de mi hombro, lo veo correr detrás de mí y apuntar el rifle alocadamente en mi dirección.

Esta vez, el gruñido está justo en mis oídos. No, sobre mi cabeza. Porque el lobo, Abe, salta por el aire y derriba a Luke en el suelo con dos patas enormes sobre sus hombros.

El rifle cae de su mano y se dispara.

Grito y miro a mi alrededor rápidamente para asegurarme de que nadie esté herido.

Mi papá corre hacia el rifle.

Mi grito hace que Abe gire la cabeza y ambos nos quedamos helados, con las miradas encontradas.

—*Vete*, —gesticulo.

Mi papá toma el rifle y apunta.

¡No! —grito.

Y luego Abe se mueve, más rápido de lo que hubiera soñado que era posible, rebota de nuevo hacia la protección de la oscuridad de los arbustos y la vegetación.

Dejo salir un llanto lento de alivio.

Mientras se ralentiza mi respiración, atesoro la sensación de mi corazón latiendo contra mi pecho. De saber que *sí* me importa algo en este mundo.

Si no es mi vida, es la suya.

No es el tipo por el que debería preocuparme. El tipo al que he llamado mi novio por el último año y medio. El que se arrastra para pararse y se quita el polvo de sus vaqueros de diseñador.

No, no me preocupa Luke ni por un momento.

Todo mi miedo es por Abe.

Él sigue siendo el único que me recuerda que estoy viva.

Puede que apenas esté funcionando, que sea un mero destello de mi vieja yo, pero la visita de Luke me muestra que no busco a mi vieja yo. Hay algo nuevo que emerge de esta carcasa de vida. Alguien a quien sólo Abe puede darle vida.

Alguien a quien sólo Abe puede cuidar.

Me guste o no, mi destino de alguna forma está unido con el suyo.

Porque por primera vez desde que me mudé a esta ciudad caliente y desolada, me doy cuenta de que quiero más.

Más del lobo plateado con ojos azules y helados que me acecha por las noches.

Más del tipo que se metió por mi ventana para devolverme la carta de mi mamá.

Más de lo que sea que quiera conmigo.

Capítulo trece

A *be*

¡Mierda!

¡Mierda, mierda, mierda!

Corro entre los arbustos en cuatro patas, el olor agrio del miedo de ese humano sigue en mi nariz.

Lo arruiné completamente. ¡Ataqué a un humano! Lo que es peor, un humano *en la Mansión Sterling*. El lugar al que mi alfa me prohibió regresar.

No se suponía que me mostrara, pero cuando vi al idiota apuntándole el rifle a Lauren, mi lobo enloqueció. El humano tiene suerte de que no le haya arrancado la garganta. Sólo el grito de Lauren me trajo de regreso y me mantuvo cuerdo. Giré para asegurarme de que estaba a salvo y nuestras miradas se unieron.

Para mi lobo, el reconocimiento llegó a lo más profundo. Ella me vio. Me conoce como un lobo. Tuvo miedo... ¿por mí?

Es irónico que ella haya sido la que me calmó a mí cuando es la que hace que mi lobo se enloquezca a diario.

A pesar de todos los problemas que tendré con mi papá

y con el Alfa Green, no me arrepiento de haberle pegado a ese estúpido. Debe ser su maldito novio.

Huele a colonia cara y a pendejo de la costa este. Debe ser el idiota que piensa que es lo suficientemente bueno como para llevar a Lauren al Baile de bienvenida. Todavía me gustaría arrancarle los ojos y hacer que se los trague.

Corro de regreso a mi casa y paso por la puerta del perro. Como todas las propiedades de la realeza de la manada, nuestra casa linda con tierra propia para poder transformarnos y correr directo desde casa.

Las luces están prendidas y escucho a mis padres despiertos, hablando en la cocina. ¿Podrían ya haberse enterado de mi ataque? Mi estómago se anuda como un puño debajo de mis costillas.

Me transformo en humano y me pongo unos pantalones deportivos.

—¿Abe? —Me llama mi mamá.

—Hola, mamá. —Entro a la cocina y fuerzo una postura relajada con mis extremidades tensas.

—Hijo. —La voz de mi papá es severa.

Mi mamá dice,

—Abe, la pequeña Rayne Lansing desapareció del partido esta noche. ¿La has visto o has sabido algo de ella?

—¿Qu-qué? —Estoy tan preparado para un problema propio que esto me resulta una sorpresa.

—¿Recuerdas que no fue a recibir su corona a medio tiempo? —Me recuerda mi mamá—. Ella salió corriendo del estadio cuando lo anunciaron y nadie la ha visto desde entonces.

—Ah, guau. —Apenas estoy procesando lo que dice. Sigo recuperándome de casi matar a un tipo hace diez minutos. Me acerco al refrigerador y saco las sobras de pollo. La cena fue hace tanto que podría comerme cinco pollos ahora mismo.

—Hablando de eso... ¿cómo fue que votaron a esa Rayne como reina? Mi mamá lo mira mal. —Escuché que tú podrías haber tenido algo que ver con eso. ¿Intentabas lastimarla?

Tomo el pollo con los dedos y me lo como frío.

—¿Qué? No. —Ahora me meteré en problemas por algo que no hice. Lo que, francamente, es un alivio—. Mamá, Wilde me dijo que lo hiciera, así que lo hice. Supongo que se está tomando su rol como su nuevo hermano mayor muy en serio.

—No estoy seguro de que así sea, —murmura mi papá.

—¿Qué quieres decir? —Mi mamá lo mira con ojos desorbitados.

—O sea, Wilde casi destroza la oficina del alguacil cuando la reportó como desaparecida.

Inclino la cabeza sin entender.

Mi mamá se queda sin aliento.

—Quieres decir...

Mi papá asiente.

—Pareja. Apostaría cualquier cantidad de dinero.

La piel de gallina aparece en mis brazos aunque no estoy seguro por qué. Quizá por ser testigo de cómo funciona el Destino. El Destino une a un alfa como Wilde con la enana de la manada, una chica más defectuosa que yo. Ella ni siquiera puede transformarse.

El Destino puso a dos hermanastros como pareja. Es una locura y está mal, pero también es perfecto a su manera. O sea, allí están, bajo el mismo techo y juntos. Sería imposible resistirse a su naturaleza animal. ¿De otra forma Wilde se hubiera acercado a una pequeña enana como Rayne? Diablos, se supone que él esté lejos en la universidad ahora mismo, pero lo suspendieron de los partidos. El Destino orquestó su regreso a Wolf Ridge para que se quedara en la casa donde vive Rayne ahora.

—Hijo. —El tono de mi papá es serio—. Creemos que Rayne fue secuestrada.

Mis cejas se levantan de golpe.

—¿Secuestrada? ¿Por qué?

—Su aroma desapareció en la acera afuera del estadio. Como si alguien la hubiera recogido.

—Guau.

—Siéntate. Calentaré eso para ti, —dice mi mamá.

—No, está bien. —Señalo que se vuelva a sentar.

—Hay más, —dice mi papá—. Se ha estado hablando sobre este grupo secreto llamado Venatores.

Más escalofríos aparecen sobre mis brazos, aunque esta vez es un frío helado de aprensión. Como si mi lobo supiera del peligro sobre el que estoy a punto de escuchar.

—Son una sociedad secreta de humanos poderosos que conocen nuestro secreto. Cazan transformistas.

Dejo de masticar; una gran ira se forma en mi estómago.

—Eso es mi-está mal.

—Buscan adolescentes que aún no se hayan transformado. Tienen a los jóvenes como prisioneros hasta que llegan a la pubertad y se transforman. Luego los cazan antes de poder controlarse a sí mismos o conocer sus propios animales.

Los ojos de mi mamá se llenan de lágrimas.

—Es horrible. Quiero cazar a cada uno de ellos.

—Yo también, —gruñe mi papá.

—¿Pero por qué crees que se llevaron a Rayne? ¿Saben que no puede transformarse?

—Tal vez. Pero por lo general hay alguien de adentro

que vende a estos chicos. Así que es posible que lo sepan y esperen que sólo florezca tarde.

Hay un gruñido bajo en mi pecho.

—Eso es retorcido. No puedo imaginar traicionar a alguien de tu especie. —Niego con la cabeza—. Ningún lobo de Wolf Ridge vendería a Rayne Lansing. De ninguna forma.

—Quizá no un lobo, —dice mi mamá de forma siniestra—.

Alguien sintió el olor de un transformista oso en nuestro territorio esta semana. Mi papá luce sombrío.

El oso. El oso que tenía la carta de Lauren.

Oh, Destino. Trago saliva.

No le dije a nadie que lo vi porque entonces hubiera tenido que explicar la situación, algo que no podía hacer. ¿Pero y si hubiera dicho algo y hubiera evitado que se llevaran a Rayne?

La culpa se junta en la base de mi estómago como aceite en un bache.

Si algo le sucede, nunca me lo perdonaré. Puede que sea la enana, pero igual es parte de la manada.

—Sí, yo también sentí ese olor. Lamento no haber dicho nada. Debería haberlo hecho, —muestro la garganta como señal de sumisión para mostrar mi remordimiento.

—Está bien, hijo. No podrías haber sabido que algo así sucedería. Pero sí, deberías comunicárselo a un anciano de la manada cuando sientas algo que no pertenece en nuestra tierra.

—Sí, señor.

—¿Lo sentiste esta noche? —Pregunta mi mamá.

Niego con la cabeza.

—No como un olor fresco.

Mi papá asiente.

—Mañana saldremos y recorreremos el bosque. Puedes faltar al colegio. Si no encontramos pronto a esa chica, podría estar muerta.

—¿Crees que el oso se la llevó?

No se siente correcto. Ese transformista tuvo la oportunidad perfecta para tomarme a mí si lo hubiera querido y no lo hizo. De hecho, me dio la carta de Lauren después de que se lo pedí. Pero tal vez no encajo con el perfil del transformista joven que quieren los Venatores. Llevo muchos años de mi despertar.

Pero no puedo justamente contarles nada de eso a mis padres ahora, ¿verdad? No sin que se sepa el resto de la historia. Y de ninguna maldita forma le diré a nadie que Lauren sabe. No hay ninguna maldita forma en que vaya a dejar que alguien la lleve con otro vampiro. Ella no se merece esa mierda. Nunca me perdonaré a mí mismo por hacerla pasar por eso en primer lugar.

Mi papá frunce el ceño.

—Puede que él se la haya llevado o que sea un informante de los Venatores. De cualquier forma, quiero seguir su rastro y, cuando lo encuentre, será oso muerto.

—Sí, —concuerdo, con el peso de todos mis errores recientes sobre mis hombros como dos toneladas de cemento húmedo.

Capítulo catorce

Lauren

—Esto es tan de pobre. —Luke mira el Baile de bienvenida con asco.

El Baile de bienvenida de la secundaria Wolf Ridge no se hace en un hotel elegante como el de Landhower, sino, prepárense, en la *cervecería de la ciudad*, donde trabajan todos los padres.

Sip. Escucharon bien. Otra señal del extraño incesto de esta ciudad. Que, supongo, tiene sentido si son todos lobos. No es un *sí*. Lo *son*.

Miro la multitud e intento encontrar evidencia de su naturaleza animal. Supongo que desde afuera parece cualquier otro baile de secundaria, excepto que mucho menos formal de lo que estoy acostumbrada en la costa este. Algunos están bien vestidos, algunos llevan ojotas.

Yo llevo un vestido ajustado de color verde azulado que hace juego con mis ojos y un par de tacones, aunque nadie les prestará atención esta noche. Todavía no he terminado con Luke, pero he logrado evitar que tengamos intimidad. Debe saber que lo haré.

—Al menos no es en el gimnasio de la escuela, —murmuro. Mientras que comparto plenamente la mala opinión de Luke sobre el evento, algo de actitud defensiva se tensa sobre mi ombligo.

—Se esperaría algo de cerveza para beber si estamos en una cervecería. —Luke observa las entradas y salidas—. ¿Cres que podamos meternos a la fábrica desde aquí?

—Ya tenemos alcohol, —digo con tono aburrido. —Hablando de eso, necesito un trago. Estoy más que adormecida después de un fin de semana de soportar a Luke y de cada recordatorio que me dio de quién solía ser yo.

Lincoln faltó a la escuela el viernes y, por suerte, entretuvo a Luke. Realmente le debo una. En serio. Anoche fueron a una fiesta de ASU y todos fuimos de compras en Scottsdale hoy, así que he podido evitar tener intimidad con Luke hasta ahora. Pero es hora.

No de tener intimidad. Sino de hablar sobre la ruptura.

Dudo que el alcohol ayude, pero necesito algo que me saque de este estado de insensibilidad. Estiro la mano hacia el termino de plata grabado de Luke, el cual llenó con el Grey Goose de mi papá antes de venir al baile.

Lo saca del bolsillo de su chaqueta de traje Armani y me lo pasa. Su otra mano se posa ligeramente sobre mi cadera.

Me alejo de su caricia y muevo el cuerpo hacia la pared para esconder el alcohol algo evidente de los profesores y chaperones. El alcohol me quema mientras baja por mi garganta y me hace llorar los ojos.

Eso. Sentí eso. Pero es más como si estuviera *observándome* a mí misma sentirlo que si en realidad estuviera experimentando la sensación en mi cuerpo. ¿Eso significa que estoy fuera de mi cuerpo? ¿Disociada de él?

Es probable que necesite un terapeuta. Lincoln y yo

hemos intentado tanto hacer que nuestro papá hable con alguien. Quizá debería empezar por dar el ejemplo.

Mi mente va a Abe de inmediato. *Él* me hace sentir. Saboreo la adrenalina que sentí después de que Abe tirara a Luke al suelo afuera de mi puerta el jueves por la noche. Cómo encendió mis células. La chispa de mi libido.

Por supuesto, estuvo mal de muchas formas, pero a algo en mí le pareció delicioso.

No quiero hacerlo, pero me encuentro a mí misma buscándolo otra vez. Lo vi cuando entró, vi sus miradas asesinas hacia nosotros.

Mentiría si dijera que no las disfruté.

También mentiría si me quejara de cómo sus hombros anchos llenan una chaqueta de traje. O de cómo luce su trasero musculoso mientras camina con esos pantalones. Es pecaminoso. Y vino solo al baile. Eso fue lo primero que noté cuando llegó. Al menos no he visto a una chica en su brazo.

—Realmente espero que no hayan pagado por este D.J., —se queja Luke—. Mi hermano de doce años podría haber armado una mejor lista de reproducción.

—Es horrible. —Lincoln toma el termo de mi mano y bebe un gran sorbo—. ¿Cuánto quieren quedarse ustedes?

Él y Rayne iban a venir al Baile de bienvenida como amigos, pero resulta que ella y su hermanastro son pareja y se lo dijeron a sus padres. Además, en otros dramas alocados de este fin de semana, nos enteramos que desapareció después del partido del jueves por la noche, pero su hermanastro la encontró. No estoy segura de qué ocurre ahí.

Supongo que me equivoqué y Rayne *sí* es loba porque todos se mantienen callados al respecto. La mitad de la población estudiantil, incluido Abe, desapareció de la escuela el viernes, quizá buscándola.

Un grupo de chicas se acerca y rodea a Lincoln. Supongo que su humanidad no es tan ofensiva como la mía.

—Así que esto soportan que los rodee todos los días, —Luke mira con desprecio a las chicas que le hablan a Lincoln. No son menos hermosas que las chicas de Landhower, sólo que no llevan Gucci y Prada ni intentan mostrar que tienen más dinero que la otra.

Hace un par de semanas, me habría unido a él en hablar mal de Wolf Ridge. Ahora me siento extrañamente protectora de todos aquí.

Hay un anuncio acerca de que la realeza del Baile de bienvenida se acerque a la pista. Luke empieza a llevarme allí de forma automática, y tengo que tirar de su brazo para frenarlo. —No somos nosotros.

La mirada de asco en su rostro se vuelve más marcada.

Rayne y su hermanastro salen a la pista y crean un bullicio descontrolado de murmullos escandalizados. Pero todos los ojos están Abe.

Él tiene a una porrista de la mano y ella lo mira con una total admiración que me hace querer vomitar. Pero él no la está mirando. Él está mirando-

Nuestras miradas se encuentran. Pero mirada no es suficiente. Es más bien una mirada de odio.

La niebla empieza a desaparecer de mi alrededor. El calor comienza en mi centro y crece allí. Los escalofríos recorren mis brazos.

—Salgamos de aquí. —Luke pasa su brazo por mi espalda y me lleva hacia la puerta.

Tengo que resistir el instinto de mirar a Abe por encima del hombro. Ya sé que está mirando.

Ninguna parte de mí quiere irse del baile. Es patético y horrible y está lleno de desconocidos y de gente que detesto, pero irme con Luke sería una elección.

Rechazar a esta ciudad y a mi nueva vida a favor de la vieja.

La que ya no existe ni funciona.

—Luke, —estamos en la puerta. Voy más lento, lo hago voltear.

La impaciencia aparece en su rostro.

—Lauren, en serio. ¿Por qué estamos aquí?

Doy un paso atrás, fuera de su alcance. Estamos bloqueando la puerta, pero ignoro a la gente que intenta pasar.

—No quería venir a este baile; tú quisiste, Luke.

—Bueno, no sabía que sería tan *patético*. —Él observa mi rostro con exasperación—. ¿Qué pasó contigo?

La culpa se sienta en mi pecho como un peso. Mis hombros caen. Ya no puedo posponerlo. Cruzo la puerta.

Luke me sigue.

—¿Qué sucede contigo, bebé?

El bebé me irrita más que morder un papel de aluminio. Sigo caminando hasta llegar al Tesla y luego me detengo y volteo. Esto no debería ser tan difícil.

Ni siquiera seguimos siendo cercanos.

Sólo es que Luke estuvo allí cuando murió mi mamá. De todos modos, en parte se alimentó del drama de la situación. Creo que era más una princesa de sociedad para él que una persona real. Con algo de tiempo y distancia, ahora veo que mi dolor era una divisa que usó para sostener su importancia. Alardeó mucho con otros chicos de que estaba en el hospital con nosotros cuando murió, y que fue uno de los que llevó el cajón en el funeral.

—Tú querías que termináramos en persona, —digo—. Así que supongo que llegó el momento.

—No quería que termináramos para nada. —Él pasa una

mano por su cabello rubio con mechas—. No entiendo qué te ha sucedido.

—Lo siento, Luke. Sólo estoy en un momento extra-

—Ni siquiera sé quién eres ahora mismo, —me interrumpe—. Llevas el mismo vestido que usaste al Baile de bienvenida del año pasado. Me llevaste a un baile en una maldita *cervecería*. Ni siquiera te hiciste el peinado y el maquillaje de forma profesional. ¿Qué pasó contigo?

Pestañeo. ¿Eso es lo que nota? No que nos hemos distanciado. No que parezco inerte e insensible. ¿No que he sido una novia horrible, lo que es verdad, sino que no compré un nuevo vestido y fui al salón de belleza a prepararme para el baile?

—Perdón por no prepararme bien para *la cita en la que terminaríamos*, —escupo con sarcasmo y empiezo a alejarme.

—¿Adónde carajos te vas? —Él toma mi brazo y me tira hacia atrás.

Pierdo el equilibrio sobre mis tacones Jimmy Choo y caigo contra Luke con las manos estiradas, lista para empujarlo.

Resulta que no es necesario.

Un brazo fuerte pasa alrededor de mi cintura y me levanta del suelo.

—Suéltala.

* * *

Abe

Toma todo de mí no transformarme y hundir los dientes en la carne de ese idiota.

En vez de soltar a Lauren, el tipo la toma más fuerte.

—Auch. —Ella intenta alejar el brazo.

El sonido de su incomodidad enloquece a mi lobo. No logro detener por completo el gruñido sobrenatural que sale de mi garganta. Cuando hablo, mi voz es letal.

—No me hagas matarte, amigo.

El ahora ex novio de Lauren debe oír el tono asesino de mi voz porque la suelta.

Alejo su cuerpo, poniendo el mío entre ella y la amenaza.

—Calma, bueno, —grita Lincoln, corriendo hacia nosotros—. Parece que es hora de irse de la fiesta.

—¿Quién carajos es este? —Pregunta el tipo, mirando con desprecio mientras me recorre de arriba a abajo con los ojos. El niño rico parece pasar sus días llamando a su mayordomo para que le limpie el trasero.

Soy su pareja, maldición. Mi lobo se vuelve loco debajo de la superficie, está furioso de no poder reclamarla ahora mismo. Furioso de que otro tipo esté aquí cuestionando mi derecho a protegerla. No lo toco, pegarles a humanos está prohibido, pero empujo mi pecho hacia su espacio personal, acercándome tanto que puedo ver sus fosas nasales de cerca.

—Nadie. —Lauren intenta meterse entre nosotros.

Levanto un brazo de golpe para dejarla a salvo detrás de mí.

—*No te metas, Oakley.* —Lincoln pone más autoridad en su voz de lo que hubiera creído posible para un humano. Mi cuerpo no responde como lo haría con una orden alfa, pero se gana mi respecto, aunque no lo quiera. Sobre todo considerando que le llevo unos treinta y cinco kilos a este chico alto pero flacucho—. Mi hermana no necesita que hagas de su guardaespaldas.

Los dedos de Lauren envuelven mis bíceps y me dan una dosis de ese dulce aroma a manzana caramelizada y canela.

—Así es.

No me muevo. Soy alfa. De ninguna maldita manera cederé ante un humano, sobre todo uno que pretende reclamar a Lauren.

—Entra al coche, Luke, —Lincoln empuja para pasar entre nosotros dos y le da un empujón a su amigo hacia el frente del coche. Abre el lado del pasajero y se sube.

El chico lindo, Luke supongo que se llama, camina hacia atrás y me mira mal. Cuando intenta ver a Lauren detrás de mí, me muevo para taparle la vista.

—Lauren, esto está mal, —dice del otro lado del coche mientras abre la puerta del pasajero.

—No... no sé por qué viniste. —La pesadez, el vacío, en la voz de Lauren baja mi nivel de agresividad. Una visión de ella parada en el acantilado con un pie al borde del precipicio aparece en mi mente.

Volteo para verla. Ella suelta mi brazo y me mira.

No la he visto así antes. Es casi como si... necesitara algo de mí. No, no es así. Porque no parece saber lo que quiere. Es más como si estuviera perdida, pero esperara que yo tuviera algo que necesita, de lo que sea que se trate.

Me vuelve *realmente resuelto* a pensar qué es y dárselo.

—Deja que te lleve a casa, —digo de forma brusca—. O adonde sea que quieras ir. Porque sé que soy la última persona con la que quiere estar, añado—, conozco un gran precipicio del que podrías arrojarme.

Milagrosamente, parece que dije lo correcto.

Sus hombros descubiertos, sus perfectos y gloriosos hombros descubiertos, se relajan desde sus orejas. Una sonrisa reticente aparece en sus labios.

—¿Ah, sí?

El Tesla se aleja sin que ninguno de nosotros lo mire. Sus grandes ojos celestes verdosos están sobre mí.

—Sí. Eso suena bien.

Le devuelvo la sonrisa; una chispa de liviandad que no he sentido en años baila en mi pecho.

—¿Qué parte? ¿La de tirarme de un acantilado?

Su sonrisa crece. Es tan linda que duele. Quiero comérmela. Devorarla. Destruir todos los límites entre nosotros y reclamarla para siempre como mía.

Por supuesto, eso no puede suceder.

Pero puedo encargarme de ella esta noche.

—¿Esa es una opción real? —Ella me deja tocarla y mi mano se posa ligeramente sobre su espalda baja para guiarla hacia mi Range Rover azul oscura.

Me encojo de hombros.

—Claro. Hagámoslo. —Le abro la puerta y miro rápido alrededor para asegurarme de que nadie nos ve, pero por suerte, por alguna suerte del Destino, no hay nadie más en el estacionamiento de la cervecería. Hay un guardia de seguridad en la salida, pero estará mirando a los que entran, no a los que salen.

Me quito mi chaqueta de traje y la arrojo en el asiento trasero mientras me pongo detrás del volante.

Cuando salgo del estacionamiento, Lauren apoya su cabeza contra el asiento y gruñe.

—¿Quieres que lo mate? —Me ofrezco—. Por favor, me encantaría.

—Ni siquiera sé qué acaba de pasar.

Espero. Lauren y yo ni siquiera somos amigos, no tengo ninguna razón para esperar que lo comparta conmigo, pero maldición, necesito su historia. Necesito saber y conocer todo acerca de esta chica enigmática.

Mi silencio funciona.

—Nada tiene sentido para mí últimamente. —Ella me mira—. Incluyéndote. Aunque lo de ser lobo explicó mucho.

Intento y no puedo tragar. Mi lobo aprecia saber que ha estado pensando en mí. Que quiere entenderme.

—No le he dicho a nadie, si de eso se trata esto.

Me aclaro la garganta.

—No. Pero gracias.

—Luke y yo...

Rechino los dientes para evitar gruñir con esas tres palabras.

—Él estuvo ahí para mí cuando murió mamá. Así que siento que le debo algún sentimiento, pero sólo... me siento apática. Como con llorar por mi mamá. Ni siquiera puedo remover algo.

No debería celebrar eso. Realmente no debería. A ella la molesta la falta de sensaciones.

Respira profundo.

—Pero parte de mí cree que él sólo me usaba para su propio estatus social. Realmente no puedo entender para qué vino aquí, a no ser que sólo haya sido para decir que me llevaría al Baile de bienvenida. Intenté terminar con él por teléfono, y él dijo que le debía hacerlo en persona.

Dejo salir un gruñido grave que llama la atención de Lauren hacia mí.

—Perdón. —Me aclaro la garganta de nuevo—. Pero no le debes una mierda. Suena a que es un idiota.

—No lo es, —dice, pero no parece convencida. Después de un momento dice—, bueno, tal vez lo sea. Pero antes no me molestaba. Lo entendía, quizá yo también era una idiota entonces.

—Lo dijiste tú. —Sonrío y ella me pega en el brazo con el reverso de la mano.

—¿Dónde estamos?

He subido la montaña pasando la cabaña de mi familia. Wilde me dijo que después del primer baile traería a Rayne aquí y que debía mantener a todos alejados hasta que salieran.

Me detengo a un lado del camino de tierra.

—El acantilado está a una caminata corta desde aquí.

Lauren mira hacia abajo donde están sus tacones y duda.

—Te llevaré.

—Realmente no quiero empujarte de un acantilado. —Está mirando fijo hacia adelante, como si fuera demasiado para admitirlo mirándome a la cara.

—No me lastimaría, Perla. Si te calienta, estoy a bordo.

Sus labios se separan con sorpresa, y finalmente me mira a los ojos. El aroma a su excitación florece; es dulce e intoxicante. Una risa ahogada sale de sus labios.

—Podría hacerlo.

Le devuelvo la sonrisa y siento esa vibración de liviandad de nuevo en el pecho.

—Vamos a averiguarlo. —Abro la puerta y voy hasta su lado del vehículo. Ella abre la puerta y se quita el cinturón. Antes de que pueda bajar, la saco de la Range Rover y la pongo sobre mi hombro.

Ella grita y me pega en la espalda.

—¡Eres un idiota! En serio, Abe, ¿alguna vez no eres un pendejo?

—Nunca. —Corro hacia el borde del precipicio y la bajo—. ¿Qué harás al respecto, Perla? —Me paro en el borde del precipicio.

Sus ojos se abren grandes con emoción justo antes de empujarme fuerte en el pecho con ambas palmas.

Me permito caer hacia atrás por el acantilado; luego giro en el aire para enderezarme en la caída. Caigo de pie; mis rodillas se doblan para absorber el impacto.

Hay una brisa fría en el aire del desierto y siento el

aroma de un oso junto con los olores mezclados de otros lobos, macho y hembra. Wilde, creo. Y el otro debe ser de Rayne. Estuvieron aquí hace poco.

—Bu, —me abuchea Lauren desde arriba—. No es justo.

Miro hacia arriba y sigo las líneas esbeltas de sus piernas hasta donde desaparecen debajo de su falda. Mi boca se hace agua.

—Tu turno.

—¿Qué?

—Me escuchaste. —Estiro los brazos—. Te atraparé.

Eso es todo lo toma. Parece que, por alguna razón inexplicable, Lauren confía en mí. Ella salta del precipicio del acantilado; el borde de su falda azul verdosa vuela mientras cae rápido directo hacia mis brazos.

La atrapo al estilo luna de miel y la muevo para suavizar la caída. Ella se ríe, y me causa algo extraño en el pecho.

—Dios, sí. —Ella tira la cabeza hacia atrás; su largo cabello cobrizo cae en una cascada hacia el piso—. Eso era exactamente lo que necesitaba.

—¿Sí? —Intento entender por qué. Quiero entender a esta chica más de lo que he querido cualquier otra cosa en la vida.

—¿Puedo volver a hacerlo?

—¿Qué soy? ¿Un juego en un parque de atracciones?

Ella se relaja en mis brazos y mira hacia arriba a las estrellas. Una pequeña sonrisa aparece en la comisura de sus labios y transforma su rostro perfecto de modelo en algo más inocente. Quizás así lucía antes de que muriera su mamá.

—Es genial *sentir*, —suspira.

—Te daré otra vuelta. —Pongo algo de insinuación en mi voz grave.

Siento el aroma de su excitación por mis fosas nasales y

contengo la respiración como si fumara de una pipa. No es que lo haga; no hace mucho para los transformistas. La sensación sólo dura unos cinco minutos. Esta emoción me durará toda la noche.

Saber que estoy excitando a Lauren. Que me desea.

—Sigo pensando en la noche contigo y el vampiro. Esto es una locura, pero… fue lo mejor que me pasó en el año. O sea, también fue horrible. —Ella poca el lugar en su cuello donde la mordió el vampiro y quiero dispararle de nuevo, aunque la marca ya desapareció—. Pero la adrenalina me devolvió a la vida. —Ella levanta la cabeza para mirarme—. Como mirar una película de terror, donde estás asustada, pero también disfrutas de cada minuto.

Una idea empieza a formarse en mi mente. Una idea arriesgada, imprudente y deliciosa.

La dejo de pie de a poco y mantengo un brazo detrás de su espalda mientras encuentra el equilibrio con sus tacones sobre el terreno rocoso.

—¿Quieres una aventura, Lauren Sterling? —Mi voz más más grave de lo normal.

Ella levanta su hermoso rostro. Hay una apertura en su expresión por la que lucharía miles de batallas sólo para verla.

—¿Qué tienes en mente, Abe Oakley?

—Necesitarás una palabra segura, princesa.

Lauren

Respiro profundo. Las palabras de Abe me desestabilizan y me caigo contra él.

En vez de sostenerme, él pasa su brazo por mi espalda y lleva mi cuerpo firmemente contra el suyo. Su piel arde debajo de su camisa, activa cada terminación nerviosa que está en contacto con él.

A pesar del calor, tengo piel de gallina por todos los brazos. Ya estoy embriagada por la emoción que me dio lanzarme de un acantilado y ahora tengo otra dosis de dopamina inundando mis venas.

Una palabra segura. Necesitaré una palabra segura.

No estoy segura de qué está planeando, pero el deseo que recorre mi cuerpo en eléctrico. *Claro que sí.* Lo que sea que esté pensando, *Estoy a bordo.*

—¡Arizona! —Digo de repente.

Su sonrisa se vuelve feroz.

—¿Tu palabra segura es *Arizona*?

No sé por qué la escogí. Supongo que porque hay algo mágico en cómo la usaban mi mamá y mi abuela cuando la nombraban. Crecí pensando que Arizona era un lugar mágico y místico, no la tierra caliente y las montañas rocosas de Wolf Ridge. Hasta que vi un lobo convertirse en hombre justo delante de mis ojos la semana pasada, habría sostenido que era lo más alejado de lo mágico. Pero ahora estoy empezando a preguntarme si quizá sentían algo especial aquí que yo no había notado antes.

—*Arizona* significa detente, —digo, como si supiera algo de cómo funciona esto. O sea, escuché antes sobre palabras seguras, pero las actividades que las necesitan son un poco confusas para mí.

Los ojos de Abe brillan en la oscuridad. Veo a su lobo justo debajo de la superficie, y me da escalofríos por todo el cuerpo.

—Te daré una ventaja de sesenta segundos. Me encanta el sonido grave de su voz. La forma en la que parece ingresar a mi cuerpo y vibrar. —Tú corres, yo te persigo. —Su voz parece volverse más retorcida mientras habla—. Cuando te atrape, princesa, —él levanta un mechón de mi cabello y deja que el rizo caiga alrededor de su dedo—, podré hacer lo que sea que quiera contigo a menos que escuche esa palabra.

Oh *Dios*. Mi suelo pélvico se levanta y se aprieta.

Mis bragas se mojan.

Todo lo que sale de la boca de Abe Oakley es pecado puro y quiero justo lo que ofrece.

No espero a que me diga que empiece; sólo lo empujo y salgo corriendo.

—Ten cuidado, Perla, —me grita mientras me tropiezo en la oscuridad con mis tacones de ocho centímetros—. No te lastimes antes de que yo pueda hacerlo.

Lo ignoro y sigo corriendo; sus palabras rebotan junto a mi cabeza. *No te lastimes antes de que yo pueda hacerlo.*

Él quiere lastimarme.

Eso debería parecerme asqueroso, pero me parece delicioso.

Y estoy delirando; siento olas de emoción, miedo y lujuria que me golpean como en un océano mientras encuentro un camino para salir del cañón hacia una colina empinada que puedo subir.

Escucho sólo unos pasos leves detrás de mí antes de que Abe me atrape con un brazo alrededor de mi cintura y una mano debajo de mi muslo. Me levanta, de cara al cielo, mi pelvis que descansa sobre los músculos anchos de su hombro; mis pies patean hacia las estrellas.

Tomo su brazo y grito; la risa tapa mi garganta. Mi vestido cae hacia alrededor de mi cintura. Abe corre rápido subiendo la colina como si no fuera una pendiente marcada. Como si no llevara unos cuarenta y cinco kilos extra sobre su hombro.

Cuando llegamos a la cima, me gira en el aire y me

atrapa por la cintura para quedar mirándolo. Es mejor que una montaña rusa. Mucho mejor. Abe está luciendo su fuerza y su habilidad mientras me da la emoción de mi vida. Camina conmigo suspendida en el aire por encima de su cabeza. Mi espalda choca con la rama de un árbol y luego estoy atrapada, mi vestido de gala sube por mis muslos y mis pies cuelgan encima del piso.

Miro hacia abajo a este hombre-bestia glorioso, emocionada por sus intenciones salvajes. No me está mirando a la cara. Está cara a cara con la unión entre mis muslos. Sus fosas nasales se agrandan; ¡oh Dios! ¿No dijo que se daba cuenta de que estaba excitada?

El tiempo parece temblar y quedarse congelado. Mi cuerpo disfruta el hecho de estar viviendo. De sentirme viva. La lujuria se mueve por mis venas. La adrenalina de jugar al gato y al ratón.

Y entonces ataca; rápido y seguro. Me ahogo mientras abre su boca y cubre toda mi vagina con ella. El calor de su respiración pasa por la tela de mis bragas. Sus dientes rozan ligeramente hasta que encuentran el hilo de mis bragas diminutas y luego lo rompen con una sola mordida de su canino alargado.

Dejo salir un sonido de sorpresa y ganas, completamente irreconocible a mis propios oídos. Mi excitación baja por mi muslo interno mientras paso las rodillas por encima de sus hombros. Ahora que mi vagina está desnuda, él me *devora*. Pierdo la consciencia de dónde termina mi cuerpo y dónde comienza la boca de Abe. Él succiona y lame y me muerde como un hombre muerto de hambre. Como si mi sabor fuera lo único que lo mantuviera con vida. Como si darme un orgasmo fuera su única misión en la vida.

Estas no son el par de lamidas rápidas que experimenté antes. Esto es pasión y hambre. Esto es ser consumida. Mis muslos internos tiemblan y me muevo contra su boca. Tiro de su cabello con una mano y estiro la otra para sostenerme contra el árbol. No es que crea que Abe vaya a dejarme caer.

—Sí… —murmuro y cierro los ojos; la tensión y la necesidad crecen en mi centro—. Sí. Bueno. Sí. Ahí. Justo ahí, Abe. Por favor… —Acabo; mis paredes internas se contraen en el aire.

Abe sigue lamiendo y succionando durante el orgasmo. Sólo cuando me aflojo después deja de succionar mi carne. Mira hacia arriba con mis flujos haciendo brillar sus labios y sus ojos azules helados de lobo resplandecientes.

—Rogarás mucho más, Perla. Sólo estoy empezando.

Mi risa está entrecortada. Estoy disfrutando de la euforia y la satisfacción del momento. De lo cambiada que me siento. Tan diferente de la chica que se puso este vestido para ir a un estúpido baile escolar con su ex novio.

Ahora me siento tan expandida. Mucho más yo que nunca antes.

—Vamos, princesa. —Abe me levanta del árbol para que me suba a su cintura. Mis bragas rotas se deslizan hacia arriba entre nosotros y él las quita—. Dime que él no las vio esta noche.

Busco las bragas, pero él las guarda en su bolsillo de atrás y de alguna forma me mantiene haciendo equilibrio sobre su cadera con un brazo.

—*Dímelo, Perla,* —gruñe.

No sé por qué quiero hacerlo sufrir. Es injusto después de lo que acaba de hacer por mí, pero nuestra relación no ha estado llena de bondad.

—¿Por qué? No tienes derecho a estar celoso.

Un gruñido grave resuena en su garganta y su mandíbula se tensa. Empieza a caminar rápido y me lleva con él.

—No es como si fueras mi novio.

Cuando él no responde, me doy cuenta de que sus celos deben ser genuinos. Quizá los lobos sean más posesivos.

—No lo hizo. —Lo dejo en paz.

La caminata de Abe no cambia. Todavía lo escucho gruñir como el animal salvaje que es.

—No hemos hecho nada desde que llegó. Ni siquiera nos besamos.

El sonido de los pasos de Abe cambia y volteo para mirar por encima de mi hombro adonde estamos. Él frena y huele el aire; luego abre la puerta de su cabaña.

Una nueva ola de emoción me recorre; el recuerdo de la última vez que estuvimos aquí sólo suma al entusiasmo.

Él me lleva hacia la cocina, abre un cajón y saca la cinta.

El miedo me hace tensar los muslos alrededor de su cintura. No, no es miedo. En realidad no. Es más bien inquietud. O un miedo falso. Un miedo divertido. Del tipo que sientes justo cuando comienza la música escalofriante en una película de terror.

—¿Te gustó estar atada la última vez, verdad, Perla? —La voz de Abe es más grave de lo normal. Más rasposa. Sus piernas largas nos llevan directo a la habitación sin prender ninguna luz.

Él me apoya en el centro de la cama, me sube el vestido hasta la cintura y me pone boca abajo.

—¿Qué estás-¡auch! —Grito cuando golpea mi trasero desnudo.

Él me da una serie de golpes, alternando entre el lado derecho e izquierdo. Cada uno va directo a mi centro. Las terminaciones nerviosas se encienden. Los golpes iniciales duelen y me sorprenden, pero el calor aparece rápido a continuación. El placer le pisa los talones.

—Eso es por ponerte esas bragas cuando sales con *él*, —gruñe Abe. Me da nalgadas más fuertes y yo me preparo.

Me da vuelta para estar boca arriba y me separa los muslos, se arrodilla frente a mí. —Dame esas muñecas.

—Es una exigencia, no un pedido.

Qué extraño, no hay resistencia en mí hacia el Abe mandón. No suele ser así. Levanto las muñecas, ansiosa por lo que sea que esté planeando.

Él tira de un extremo de la cinta para sacar un pedazo largo, luego lo rompe y lo envuelve alrededor de mis muñecas.

—Listo. —Su sonrisa es traviesa—. Todavía puedes pegarme si quieres.

Oh Dios, me guiñó el ojo.

No estaba preparada para la reacción de mi cuerpo ante el guiño de un jugador sensual. Prácticamente tuve un orgasmo ahí mismo.

Pero él no nota mi reacción; ya pasó a otra cosa. Tiene planes, y no esperará mi permiso. Ya lo ha dejado bastante en claro. Tengo una palabra segura que puedo usar si quiero que se detenga.

Acaricia mi hendidura empapada con su pulgar, presiona firme cuando llega a mi clítoris y mueve su mano para deslizar dos dedos dentro de mí.

Grito, me arqueo, mis músculos internos aprietan sus dedos en un mini-orgasmo.

—Me moría de ganas de entrar a esta pequeña vagina tuya.

Estoy temblando. La parte baja de mi barriga tiembla. Mis muslos internos se sacuden. Soy como la montaña rusa que vibra y tiembla mientras sube a la cima, justo antes de caer hacia angustioso precipicio y las vueltas que te quiebran el cuello.

No parece que tenga palabras a disposición ahora mismo. Todo lo que sale de mi boca es una serie de vocales.

—Ahhh...ohhh...ahuh.

Abe mete y saca sus dedos de mi interior, gentil al principio, doblándolos para acariciar mi pared interna; luego rápido.

—¡Espera... por favor!

Es mucho. Demasiado placer. Demasiado que soportar. Necesito liberarme. Lo pateo con mis tacones de punta. Él toma uno de mis tobillos y lo sostiene alto mientras sigue haciéndomelo con los dedos.

—Oh por dios. ¡Oh por dios! ¡Oh, por favor!

Mi orgasmo llega con tanta fuerza y rapidez que chillo. La humedad sale disparada alrededor de los dedos de Abe.

—Eso es, Perla, —me felicita Abe—. Buena chica.

—Oh por dios. ¿Qué acaba de pasar? ¿Qué me hiciste?

—Te hice expulsar un chorro. —Luce orgullo de sí mismo mientras saca los dedos de mí y me desabrocha la tira del Jimmy Choo.

Expulsar un chorro. La eyaculación femenina. Otro término, como palabra segura, que he escuchado pero que no entendía realmente hasta esta noche.

Arroja el tacón detrás de él y me desabrocha la tira del otro.

—Ese fue tu placer, —me dice—. Ahora es hora de tu castigo.

Capítulo quince

be

Mi pene está más duro que el mármol. Lo único que mantiene cuerdo a mi lobo es saber que ya logré que Lauren acabara dos veces. Su aroma está en todas partes: en mi ropa, mi piel, llena la habitación.

Wilde y Rayne estuvieron aquí antes que nosotros, lo noto en sus aromas, pero ya se han ido. Es probable que a la meseta donde se juntan todos los chicos transformistas alrededor de un fogón. Donde estarán ahora mis amigos, preguntándose adónde me fui.

Elegí otra habitación para poder disfrutar sólo del aroma de Lauren.

Me da una satisfacción descomunal. Tener su sabor en mis labios y en mis dedos también baja mis niveles de agresión.

Pero maldición, la necesidad de marcarla sigue subiendo por mi espalda y me tensa los nervios en la base del cráneo, los que me permiten ver bien. Pero eso no importa. No necesito ver para hacer que Lauren se venga. No necesito ver para hacer que grite y ruegue y se retuerza en la cama. A estas alturas, si me dijeran que no volvería a ver, no estoy seguro de si me importaría. Porque darle placer a Lauren es el propósito de mi vida.

Los ojos de Lauren están brillosos; su melena gruesa y castaña se esparce alrededor de su rostro como un halo. Pestañeo para poder verla con más nitidez. Es una maldita diosa. No me importa si mi fisiología está jodida, y por eso mi lobo quiere marcar a una humana. Se siente tan correcto. La satisfacción de estar con ella no puede ser un error.

—¿Te gustaron esas nalgadas que te di, verdad, Perla?

Ella se frota los labios hinchados.

—Eh, no estoy segura de eso.

—Mentirosa. —Sé por el nuevo aroma de su excitación que florece que tengo razón. Paso mi dedo índice por sus flujos y luego lo levanto para mostrárselo—. Tu cuerpo me dice todo. —-Me lo llevo a la boca para probarlo y mi visión se oscurece, mis sienes laten.

La doy vuelta para que no vea, en caso de que mi rostro muestre algo—. Añadiré mentir a la lista de ofensas castigables. —Tomo una almohada para poner debajo de su cadera y mi visión se despeja. Su piel todavía tiene las marcas de mis manos, un recordatorio de que es una humana delicada. Le pego en el trasero y aprieto—. Tienes el mejor trasero, princesa. Grande y redondo y realmente perfecto. —Golpeo la otra nalga—. Este trasero ha sido una *tortura* para mí desde el día en que entraste a Química y me arruinaste la vida. —Le doy una seguidilla de nalgadas rápidas y luego me detengo y froto la piel suave, calmándola. Adorándola. Le separo las nalgas y miro su lindo ano—. La próxima vez te lo haré aquí mismo. —Presiono mi pulgar contra su pequeño anillo y ella aprieta en respuesta—. Y me dirás que lo sientes.

—¿Qué te hace pensar que habrá una próxima vez? —

Lauren arroja su cabello hacia atrás cuando se da vuelta para mirarme por encima del hombro y descansa en sus antebrazos.

Le doy mi mejor sonrisa engreída.

—Ah, habrá una próxima vez. —Le doy otra serie de golpes rápidos y ella chilla, riendo y relajándose.

Tiene que haber una próxima vez. Ahora que la he probado, soy adicto. No podré funcionar si no puedo tenerla debajo de mis manos y lengua a diario.

Sigo mi juego, le pego, froto para que se vaya el ardor, le vuelvo a pegar hasta que chorrea con su excitación y gime con necesidad. Saco la almohada y la pongo boca arriba para hacer lo que debería haber hecho cuando la traje aquí: sacarle ese vestido ajustado por encima de la cabeza. Es sin tiras, gracias al destino, así que no se atrapa en sus manos atadas. Ella se sienta para ayudarme y lo arrojo al suelo junto a sus zapatos.

—Ah, dulce diosa de la luna, —suspiro mientras le miro las tetas. Ella tiene unas pegatinas de flores o algo pegado en cada uno de los pezones. Una ola de celos me recorre—. ¿Te pusiste esos *para él?* —Mi voz se quiebra como si tuviera doce. Me froto las sienes, intento evitar que mi visión falle.

—No. Estás siendo ridículo. —Lauren parece sorprendida por mis celos.

Exhalo entre dientes.

—Son para evitar que mis pezones se transparenten por el vestido. —Ella intenta llegar a cada uno de ellos con la punta de los dedos, pero no puede con la cinta—. Quítalos.

Aw, maldición. Una sensación de posesividad sobrepasa los celos. Soy el que los quitará.

Porque ella es mía, gruñe mi lobo.

Sí, calma chico.

Mi verga se levanta contra la bragueta. Tomo las

muñecas de Lauren y las uso para moverla hacia atrás hasta que está acostada; luego me subo encima de ella. Las pegatinas de sus pezones están un poco acolchonadas, como si fuera pétalos gelatinosos. Despego el borde de uno hacia arriba. Está pegado con algún tipo de adhesivo.

—¿Eso te duele? —Le pregunto cuando veo que su piel se levanta con él.

—Hazlo rápido.

Se lo arranco rápido y miro cómo su pecho se levanta y luego vuelve a su lugar. Paso la lengua sobre su pezón para calmar el dolor y luego repito la acción en el otro lado.

—Unos pechos realmente gloriosos, —murmuro contra su piel. Podría lamer cada centímetro de su cuerpo y seguir necesitando más—. Te lo haré ahora, Perla. —Miro de cerca su rostro para ver su reacción.

Sé ahora que Lauren finge tanto como una loba alfa. Puede que actúe de forma madura y sexualizada, ¿pero quién sabe? Todavía podría ser virgen. No quiero sobrepasar sus límites por estar jugando al cazador y la presa.

—Haz que sea bueno.

Haz. Que sea. Bueno. Esa es mi princesa. Realmente me encanta esta chica. Me encanta casa aspecto detestable, delicioso y perfecto de ella.

—Si bueno significa *hacértelo duro sin piedad,* entonces sí. Haré que sea bueno. Yo también sé fingir.

Ella levanta esas tetas hermosas hacia mi rostro y tomo un pecho con fuerza para apretarlo, un gruñido grave resuena en mi pecho.

—Muéstrame, niño lobo.

Me desabrocho el cinturón.

—No soy ningún niño, princesa. Estoy a punto de mostrarte que soy —me quito los pantalones del traje— *todo un hombre.*

La punta rosa de la lengua de Lauren recorre sus labios mientras libero mi erección. Casi me vengo de sólo pensar en ver esa boca bien estirada, ahogándose con mi verga.

Me alejo de la cama para sacarme los zapatos y desvestirme.

—Tengo un condón, —le digo mientras lo busco en mi billetera.

—Tomo anticonceptivos.

Mi lobo gruñe ante la idea de que ella tenga sexo con *él*. Con quien sea antes que conmigo.

—¿Eso también te da celos?

Debo haber gruñido en voz alta. Por suerte todavía suena sorprendida por mi posesividad irracional.

—Estoy a punto de hacértelo hasta que lo quites a él de tu memoria, corazón. —Me subo encima de ella y pongo el condón en mi erección.

—¿Un poco engreído? —Sus ojos están sobre mi verga, sus labios abiertos.

Todavía no los he besado. Un problema que debo solucionar de inmediato.

—Cada minuto del día. —Arrastro lento la cabeza de mi miembro contra su entrada.

Ella respira profundo y contiene el aire.

Sigo frotando la cabeza de mi verga contra sus fluidos.

—¿Quieres esta verga, Perla?

Sus párpados bajan, pero no me responde. Pero estamos jugando a que no hay consentimiento, así que quizá responderme arruinaría el juego.

A pesar de todo lo que digo, entro en ella con suavidad, asegurándome de que esté lista y de que no sea demasiado. Sé que soy grande y no sé cuánta experiencia tiene. Definitivamente no quiero hacer algo que no le dé satisfacción.

Ni bien estoy dentro de ella, entro en un ritmo lento y

me inclino encima de ella para reclamar esa boca. Ella me ve bajar la cabeza y luego sus ojos se cierran cuando mis labios rozan los suyos. Mientras la beso, tomo sus muñecas y las levanto por encima de su cabeza, así está inmovilizada debajo de mí.

Empieza a retorcerse, como si que la sostuviera la excitara. La agarro más fuerte y empujo un poco más fuerte. Nuestras lenguas bailan y se enredan. Su beso lo es todo y pierdo el control. Se siente tan bien, tan correcto, reclamar esa boca hinchada que tiene. La beso como si lo dijera todo: como si me perteneciera, si su lugar fuera debajo mío, encima mío, conmigo, cada segundo de cada día.

Finalmente la tengo donde la quiero y todavía deseo más. Deseo todo de ella: corazón, mente, alma. No sólo este sensual cuerpito que responde como si estuviera hecho para mí. Como si yo estuviera hecho para ella.

Lauren comienza a gemir y a hacer estos gemiditos dulces mientras se frota para encontrarme. Empujo más fuerte, sin poder contenerme más tiempo. Esto tardó demasiado en llegar. Puede que sea un atleta de primera, pero esta chica es mi perdición.

—Aw, mierda, Lauren, —gruño—. No puedo... es demasiado...

Ella une los tobillos detrás de mi espalda y usa las piernas para hacerme entrar aún más fuerte.

—Hazlo, —gruñe, no es menos alfa que cualquiera de las lobas con las que he estado.

Grito, mis bolas se tensan justo antes de llegar a la cima.

—¡Mieeeeeerda! Oh, Destino. ¡Oh, mierda! —Lamo mi pulgar y lo muevo para frotar su clítoris justo antes de acabar más fuerte que nunca. Lauren se mueve debajo de mí; sus muslos internos aprietan mis caderas como una tenaza; su dulce vagina se contrae y se relaja alrededor de mi verga.

Sigue viniéndose cuando termino; sus ojos en blanco, su mentón estirado hacia el techo, esos pechos hermosos levantados y separados. Miro hacia abajo y sé con total certeza que tener a Lauren Sterling no es algo que pueda hacer una vez y ya.

Por más que lo quiera negar, esta chica es mi destino. Y ahora que la tuve, nada volverá a ser igual.

* * *

Lauren

Estoy oficialmente viva. No sólo viva; volando. Es como si Abe me hubiera despertado con un electrochoque en el pecho y me hubiera resucitado.

Cuando se abren mis ojos, encuentro a Abe mirándome desde arriba con una intensidad que me da otro mini orgasmo.

Él sólo me mira como si yo fuera la cosa más fascinante en la tierra. Estoy acostumbrada a la atención, pero no a la de Abe. Parece que a él sólo le preocupara él mismo. Pero eso podría ser sólo parte de su personalidad de alfa, la que finge en la escuela. En realidad, se ha mostrado como considerado más de una vez.

Él baja la boca a la mía otra vez, se mueve lento contra mí, me saca otros pequeños apretones y olas de placer. Su beso es atento esta vez. Donde antes era salvaje, ahora es suave. Lame mis labios, luego se aleja, luego vuelve a acercarse.

—¿Estás bien? ¿Fui muy duro? —pregunta, todavía moviéndose dentro de mí.

Apenas puedo pensar. No estoy segura de tener palabras todavía. ¿Espera una respuesta real?

—Estoy bien, —logro decir—. Muy bien.

Él se aleja un poco más para verme la cara y me da una de las sonrisas más hermosas.

—¿Sí?

Mis párpados están pesados con el placer continuo que me está dando.

—No seas creído.

—Creído es mi segundo nombre.

—Lo he notado. —Estiro la mano para tocarlo yo también. Mis muñecas siguen atadas con cinta, pero paso la punta de los dedos sobre sus labios.

Él los muerde, succiona uno dentro de su boca, luego lo suelta.

—¿Es algo de lobo alfa, correcto? ¿Ser arrogante?

Abe pestañea y, por un momento, veo una grieta en su fachada, como si algo acerca de mi pregunta lo hubiera herido por un momento.

—¿Qué sucede? —Mi voz es suave, no como los desafíos típicos que le planteo.

—Eh. —Él sale y me arrepiento de preguntar de inmediato. Me arrepiento de haber tocado un tema delicado. Ya extraño la conexión de nuestros cuerpos. De nuestras almas. Él se baja de la cama y tira el condón; luego vuelve con un vaso de agua. Me levanta desde abajo de los hombros para ayudarme a beber.

No estoy acostumbrada a este tipo de intimidad. A estar indefensa ante Abe, pero tampoco a estar bajo su protección, que es un sabor que nunca antes sentí. Me encanta lo fácil que me mueve y me acomoda, cómo toma las riendas de mi placer.

Bebo el agua, más sedienta de lo que noté, y observo a Abe mientras tanto.

—¿Es pesada la corona del que reina sobre la secundaria Wolf Ridge? —Pregunto cuando aleja el vaso.

Una comisura de sus labios se levanta en una sonrisa irónica.

—Supongo. Para ser honesto, no hay nada de placer en ello.

—¿Entonces por qué mantenerla? ¿Cuál es la recompensa? ¿Que los chicos hagan tu trabajo y te adoren, pero en realidad no les caigas bien?

La expresión de Abe es neutra y me doy cuenta de que estoy siendo muy dura. Me estiro para tocar su antebrazo con mis manos atadas.

—Lo siento. Eso fue hiriente. Sí quiero saber en serio. Porque siento que ese no es el verdadero tú.

El anhelo atraviesa la mirada de Abe. Me mira fijo como si le estuviera ofreciendo algo que no puede tener. El aire entre nosotros cambia. Contengo la respiración, esperando… lo que sea la lucha interna de Abe.

Pero parece que él se compone y luego baja la mirada hacia mis manos. En un movimiento rápido, rompe las capas de cinta para liberar mis muñecas.

—¿Quién crees que sea yo realmente? —Hay una amargura en su tono que se retuerce como una daga en mi abdomen.

Se siente vulnerable cuando la mayoría de nuestras interacciones han consistido en hacernos comentarios sarcásticos, pero digo,

—Esto. Ahora mismo.

Algún tipo de sorpresa recorre visiblemente en el cuerpo de Abe, ¿un temblor de reconocimiento? En vez de hablar, él toca mi rostro, lo acaricia mientras me besa con todas sus ganas.

Gimo contra sus labios; las lágrimas cálidas de pronto queman la parte de atrás de mis ojos. No tengo idea de qué significan.

Para quién son.

¿Para Abe? ¿Para el lobo alfa perdido y solitario? ¿O para mí? ¿La chica que no podía llorar?

No... se trata más bien de la belleza del momento. De encontrar a alguien con quien compartir las piezas rotas de nuestras vidas.

Cuando termina el beso, una lágrima cae de uno de mis ojos. Abe respira profundo y lleva la lleva del pulgar a mi mejilla para atraparla.

—¿Te hice volver a sentir? —Su voz suena rasposa.

Asiento.

—Sí, —susurro—.

Este es la verdadera yo. Él desparrama su larga forma a mi lado y envuelve mi cintura con su brazo, llevándome contra su piel cálida.

Toco su pecho y paso las uñas por los suaves rizos dorados que hay allí. Otro temblor lo recorre cuando lo toco y sus ojos brillan en la oscuridad.

—Mi papá... —Se aclara la garganta—. Es importante para mi papá que mantenga mi estatus como alfa.

—¿Por qué?

Abe niega la cabeza con impaciencia.

—Es algo familiar. No se cansa de recordármelo. Ha sido así desde el Cambio cuando me convertí en lobo. Antes sentía que tenía toda una vida por delante, como si mi futuro estuviera abierto y expandiéndose. Y ahora... ahora parece que estoy encerrado en un molde en el que no encajo. Ya nada es divertido. Hasta las interacciones con mis mejores amigos se sienten falsas.

Miro fijo a Abe y me sorprende su admisión. No tiene sentido para mí, pero no soy loba. Quizá sea algo cultural que no comprendo.

—¿Qué pasaría si no siguieras las expectativas?

—No lo sé. Perdería mi estatus. Alguien más sería el Alfa, probablemente Asher. Markley es más fuerte, pero Asher tiene algo desesperado. A su papá lo echaron de la manada.

—Me refiero a tu papá.

Abe se frota el rostro con una mano.

—No quiero decepcionarlo. Él quiere lo mejor para mí y nuestro linaje. Mi hermano hizo todo lo que quiso mi papá. Es el chico perfecto que está por ingresar a medicina y sigue los pasos de mi papá y yo soy el desastroso.

Hago una mueca.

—¿Eso crees? Eres el capitán del equipo de fútbol. El lobo alfa de toda la escuela. ¿Cómo es posible que te pienses como el desastroso? Y luego recuerdo su lucha en el laboratorio. —¿Esto se trata de la parte académica?

Abe no me responde.

—Abe... —dudo porque mi pregunta perturbará a su alteza alfa—. ¿Alguna vez te hicieron alguna prueba de neurodivergencia? ¿O una prueba de visión? A veces parece que te cuesta ver o leer. Me preguntaba si quizás eres disléxico o algo así.

Me doy cuenta de que Abe no está respirando para nada.

—No puedo creer... —se ahoga—. ¿Cómo lo supiste?

—¿Qué es? ¿Neurodivergencia?

Él se sienta en la cama.

—No puedes decirle a nadie, Lauren. Esta es la razón por la que tengo que mantener mi estatus de alfa.

Yo también me siento y acaricio sus bíceps abultados con mi palma. Me late fuerte el corazón con la magnitud del momento. Las paredes de Abe están cayendo. Sus secretos están siendo revelados.

—No le diré a nadie. ¿Pero qué es, Abe? —Le pregunto con suavidad.

—Es una anomalía genética de transformistas. Mi cerebro a veces se traba en ver con ojos de lobo o con ojos humanos. Me da dolores de cabeza y hace que me cueste leer. Las luces fluorescentes lo empeoran.

—Ah, guau.

—Lo controlaba bastante, escondía totalmente la condición hasta este año.

—¿Qué pasó este año?

Cuando Abe voltea a mirarme, algo hace que los pelos de los brazos se me pongan de punta. El aire se vuelve eléctrico.

Los ojos de Abe brillan de un azul helado.

—*Tú* fuiste lo que sucedió, princesa.

Capítulo dieciséis

be

Lauren se estira y prende la lámpara de la mesita de noche. Ni siquiera es una luz fluorescente, pero igual mis ojos reaccionan. El dolor se dispara de forma diagonal por mi campo de visión y los músculos se contraen en la base de mi cráneo.

—¿Está sucediendo ahora? —Lauren está tan en sintonía conmigo que lo sabe de alguna forma.

Mi instinto es mentir, tomar la ofensiva para quitarme la atención de encima, como lo he hecho con todos los demás, pero algo en mí no me deja hacerlo.

—Sí, —digo como un graznido.

Mi campo visual se ha reducido tanto que no puedo ver nada, pero Lauren pasa las manos por encima de mis hombros desnudos.

Mi verga se vuelve a poner semi rígida.

—¿Yo lo empeoro?

—Sí, —admito. Mi secreto ya se conoce—. Tu aroma lo desata.

—Por eso me has tratado como un pendejo. —Ella no suena demasiado molesta al respecto, más bien pensativa.

Hay mucho más debajo del exterior de Lauren Sterling. Es inteligente, perceptiva y le importo en serio. Por alguna razón saber eso me hace doler el pecho.

Esto entre nosotros va más allá de la lujuria. Más allá de la atracción física que desata su aroma. Hay una conexión emocional inesperada, una genuina.

Puede que realmente me esté enamorando de esta chica. Ella se está convirtiendo en algo más que una simple atracción dirigida por las feromonas. Ella podría ser una pareja *verdadera*, como en el sentido humano de la palabra.

Un alma gemela.

La levanto y mis manos toman su cintura esbelta y la posan sobre mi regazo, sentada encima mío.

—Lamento haber sido un idiota.

Ella sigue observándome.

—No era real. —No es una pregunta. Ella lo decidió por su cuenta. Me encojo de hombros, cansado—. Ni siquiera sé qué es real, Lauren. Quién soy o quién se supone que sea. Sólo intento sobrevivir cada día sin perder el control.

Ella toma mi rostro entre sus manos y mi barriga tiembla por la ternura del acto. El dolor detrás de mis ojos cesa. El episodio pasa.

Cuando ella pone su boca sobre la mía, de pronto creo que podría volver a ser una persona entera.

No es que hubiera estado consciente de lo roto que estaba antes de este momento.

No tomo el control; la dejo darme un beso suave y exploratorio. Un beso sanador.

—Eres este, —murmura cuando deja de besarme.

Lleno mis manos de su trasero y la muevo encima de mi verga endurecida.

—¿Qué hay de ti? ¿Esta es quién eres?

Lauren mueve sus caderas y frota su clítoris sobre mi raíz. Sus labios pasan por encima y bailan sobre los míos.

—No.

Intento no mostrar la brutalidad que me inspira su respuesta. Mi lobo se enloquece de celos debajo de la superficie.

—Esto es... algo nuevo. Lo que soy contigo es completamente diferente.

Apenas recuerdo respirar.

—¿Diferente cómo?

Ella inclina la cabeza hacia un lado y lo piensa.

—Apenas recuerdo quién era antes de que muriera mi mamá, pero esa chica nunca volverá. Y el último año me he sentido... desanimada. La única vez que sentí alguna emoción real fue cuando mi papá intentó suicidarse y eso fue total desesperación.

Respiro profundo como si me hubiera golpeado.

—¿Tu papá intentó suicidarse? Mierda. Ese bastardo egoísta. Tiene dos niños que lo necesitan, maldición.

Su mentón tiembla y ella pestañea rápido.

—Ahí estás de nuevo. Eres el único que puede hacerme llorar.

La envuelvo fuerte con los brazos y la traigo contra mi pecho en un abrazo feroz.

—Lo siento, princesa, —susurro—. Lo siento tanto.

—Por eso nos mudamos a Arizona. A mi mamá le encantaba este lugar. Mi papá le había hecho construir la casa, pero ella no vivió lo suficiente como para disfrutarla. Lincoln y yo esperábamos que vivir aquí lo ayudara a sentirse más cerca de ella. Además, podríamos dejar la soledad de nuestras antiguas vidas detrás.

Mis labios encuentran el hueco de su garganta y lo beso.

—Me equivoqué tanto. Pensé que ustedes dos eran unos niños ricos engreídos que se creían mejores que nosotros.

Lauren se ríe sin alegría.

—Bueno, eso puede haber sido real. Pero sobre todo no nos importa o queremos tener una vida social aquí. Nuestro trabajo es mantener vigilado a nuestro papá. Mantenerlo con vida es nuestra única meta este año.

Me arden los ojos por un momento.

Mierda. Quiero aullarle a la diosa de la luna por las cartas que les dieron a Lauren y a Lincoln. Quiero dedicar toda mi vida a vigilar a su papá para que ella pueda volver a vivir. Quiero ser su héroe, jurarle mantener a salvo al único padre que le queda.

Beso y bajo por su cuello. Por su mandíbula.

—Lo siento tanto, —murmuro.

Mis palabras no ayudan en lo absoluto y realmente odio sentir su indefensión.

—¿Qué puedo hacer para ayudarte?

Lauren pasa las puntas de sus dedos por mi cabello y todo mi cuerpo tiembla por el placer que provoca.

—Has ayudado. El día que un lobo con ojos de fantasma me atacó en el borde de un acantilado cambió mi vida. Fue como si me hubieras puesto un electrochoque en el pecho. Mi vida cambió de blanco y negro a color de nuevo. Sólo que los colores son mucho más fuertes de lo que había notado antes.

La intensidad me atraviesa. Sin pensarlo, tiro a Lauren hacia atrás. Ya la estoy empujando cuando me doy cuenta de que han bajado mis caninos. Mi lobo quiere marcarla como mi pareja, justo aquí, justo ahora.

No sucederá. No puede pasar.

Pero no tengo el poder de detener el instinto puramente

animal de reclamarla. Qué suerte que tome anticonceptivos porque no me detuve a ponerme un condón.

La mirada de Lauren es de placer sorprendido. Sus labios, hinchados por nuestros besos, se separan con un gemido.

Demasiado tarde pido consentimiento de la forma fingida-forzada que le gusta.

—Te lo haré tan fuerte, princesa, que nunca más te sentirás adormecida.

Ella toca mis caderas y levanta las rodillas hacia mí para llevarme más profundo.

—Hazlo, niño lobo.

—No soy un niño. —Sostengo sus hombros hacia abajo y le doy fuerte, chocando contra sus paredes internas.

Sus gritos se vuelven más fuertes. Más agitados.

—Lauren… Lauren, —repito su nombre, sin estar seguro siquiera de lo que digo. Como si fuera una diosa que invoco en vez de una humana pequeña que podría partir en dos con la fuerza de este sexo.

No la marques. No la marques, me recuerdo.

Para ir más lento, me pongo boca abajo y mantengo nuestros cuerpos conectados para que ella pueda cabalgarme ahora. Tomo sus caderas y hago el trabajo por ella, levantándola y bajándola sobre mi miembro duro como una piedra, luego hacia adelante y atrás.

Ella tira la cabeza hacia atrás; su largo cabello cobrizo brilla con la luz de la lámpara. Sus pechos maduros se mueven con cada salto.

—Hermosa, —gruño—. Hermosa humana pequeña. Me vuelves loco.

Su mirada vuelve del techo a mi rostro.

—¿Así es? —Hay un brillo interesante, casi de transformista, en la luz de sus ojos. Se han oscurecido. Se volvieron más redondos. Como si le encantara saber que tiene poder sobre mí.

Ella es toda diosa otra vez. La mujer poderosa y hermosa, responsable de mi tortura diaria.

Estoy ciego de nuevo; los músculos de mis ojos me queman a través del cráneo.

—Loco, —murmuro. Soy incapaz de negarlo. Incapaz de negarle algo.

—Abe. —Su mano toca un lado de m rostro y el dolor desaparece de inmediato—. ¿Puedes ver?

Pestañeo y asiento.

—Te veo a ti. Siempre a ti.

Ella se mece encima de mí, ahora lento. Hace ondulaciones como una bailarina árabe.

La miro, fascinado. Ella se aprieta sus propios pechos y mueve las caderas. Luego encuentra un ritmo que le gusta. Un lugar donde la cabeza de mi miembro pasa por un anillo interno suyo. Ella frota más rápido. Se sostiene con sus manos en mis hombros. La ayudo, haciéndola mover las caderas hacia adelante con las manos en su trasero.

Sus músculos internos aprietan mi verga. Sus muslos internos tiemblan contra mi cadera. Ella dice, no, más bien grita, cuando acaba. Se mantiene quieta apretando y soltando alrededor de mi verga. Luego se mece un poco y acaba más.

Me mojo la yema del pulgar con la lengua y la llevo a su clítoris. Cuando froto, ella vuelve a gritar, se mueve y aprieta en una total pérdida de control.

Ni bien se viene, la tiro hacia atrás y me muevo contra ella. Mis caninos están largos, pero mantengo la boca cerrada y el torso derecho para no inclinarme y hundir los dientes en su piel para marcarla por siempre.

Me muevo contra ella, más fuerte de lo que debería.

Tengo que sostener su hombro para evitar que su cabeza choque contra la cabecera de la cama. Ella se queja y ronronea debajo de mí. Es demasiado, sé que lo es, pero puedo contener mi agresión. No puedo ir más lento.

Sólo Lauren podría detenerme ahora y está tan sumida como yo.

Cierro los ojos cuando un rayo cruza mi visión.

—Mierda… ¡sí! —grito. El dolor de cabeza se intensifica, pero no me importa. Me vengo. Me vengo y acabo adentro de ella antes de desmayarme por completo.

Lauren

Los párpados de Abe se mueven cuando se viene y luego, de repente, está sobre mí, su cuerpo pesado cubre el mío como una de esas mantas con peso.

Al principio entro en pánico intentando sacarme de encima más de noventa kilos de puro músculo para poder ver su rostro y asegurarme de que está bien.

No puedo moverlo para nada, pero siento el movimiento de su respiración contra mi pecho.

—¿Abe? —Me obligo a mantenerme calmada y acaricio de forma ligera su nuca con la punta de mis dedos.

Él se mueve y se sacude, como si se sorprendiera al despertarse y se levanta sobre sus manos, saliendo de mi interior.

—Oh, mierda, Lauren, ¿estás bien?

Dejo salir una risa aliviada.

—¿Yo?

—¿Qué pasó? —Abe luce conmocionado—. ¿No te mordí, verdad?

—¿Morderme? —Ahora que lo dice, recuerdo pensar

que sus dientes lucían particularmente como los de un lobo cuando se vino. No de una forma aterradora, como los de un vampiro, sino como muy caninos—. No, ¿por qué me morderías?

Él niega con la cabeza.

Afuera, a la distancia, un lobo aúlla. Luego otros se unen, subiendo a un crescendo como si una manada celebrara una nueva matanza.

—¿Amigos tuyos? —Le pregunto.

—Definitivamente. —Él se baja de la cama y me ofrece la mano. Cuando la tomo, me baja de la cama—. Deberíamos salir de aquí por si se acercan.

Estoy demasiado relajada por los orgasmos increíbles y por la cercanía que siento con Abe como para prestarle mucha atención a la pequeña incomodidad que surge por su deseo de esconderme de sus amigos.

No soy una transformista lobo, lo entiendo. Y sé que él es un lobo. Si se enteraran, él estaría en problemas y a mí me borrarían la mente.

Pero tampoco estoy acostumbrada a ser el secreto vergonzoso de alguien. Estoy acostumbrada a ser el premio.

Lo olvido todo cuando Abe pasa mi vestido por encima de mi cabeza. Es algo sensual que tu novio te vista como una muñeca Barbie.

Eh, supongo que no es mi novio, pero como sea. Sigue siendo sensual.

Abe me alisa el vestido, deslizando sus grandes palmas por los costados, alrededor de mi trasero, donde aprieta.

—¿Te sientes mejor, princesa? —Su voz es grave y sensual.

Llevo las manos a su pecho esculpido; las puntas de mis dedos siguen las líneas de sus pectorales.

—Sí. —Por supuesto, debo regresar a casa al desastre que creé con Luke, pero ese es mi tema.

—Puedo encontrarte aquí cualquier tarde o noche después del entrenamiento y darte lo que necesitas. Incluso si sólo es volver a arrojarme de un precipicio.

Una risa sale de mí. El calor se posa en mi pecho y llena lugares que estaban fríos cuando escuchamos a los lobos.

—Puede que acepte eso, jugador.

—¿Puede? —Suena ofendido.

Me vuelvo a reír.

—Bueno, lo haré. Probablemente.

—Perla, eres la más difícil de las más difíciles de conquistar.

—¿Cuando intentaste conquistarme? —Le respondo.

Él sonríe.

—Ah, sí. Eso es justo. —Toma su ropa y se la pone; luego saca la ropa de cama y se la lleva.

—Eso es muy responsable de tu parte. No sé por qué ver a Abe en este pequeño rol doméstico me excita.

—Los lobos pueden olerlo todo. —Él mete las sábanas a la lavadora y pone el jabón para lavar—. Mis papás saben que mis amigos y yo usamos esta cabaña, para eso es en realidad, pero no necesito que sepan todo. —Él me mira con una sonrisa de niño y un movimiento de cejar que me hace derretirme. Me encanta este lado de Abe.

Su lado *verdadero*. El joven extraordinario que lava sábanas e intenta ser un buen hijo para sus padres.

El tipo que sé que lucha con una condición neurológica que se esfuerza por esconder. No por él mismo, sino por su padre.

Mi corazón, que apenas latía antes, ahora ha vuelto a tener un ritmo regular y late perfectamente sincronizado con el de Abe.

Él prende la lavadora y va a la cocina.

—¿Tienes hambre?

—Pensé que intentabas sacarme de aquí.

—Así es, pero también muero de hambre. Estar contigo es una gran pérdida de calorías. —Él abre el refrigerador y saca un cartón de leche que abre y bebe.

—¿Porque desato tu cosa neuronal? Hay algo de eso que todavía no comprendo. ¿Por qué mi aroma sería diferente para él? ¿Por qué *yo* lo desataría?

Él me mira a los ojos por encima del cartón de leche. Con la luz de la puerta del refrigerador, toman un brillo azul helado.

—Algo así, —dice después de que termina de tragarse todo el contenedor.

Él lo arroja a la basura.

—¿Quién mantiene este lugar abastecido de comida? —Le pregunto.

—Mi mamá, supongo. Ella sabe lo hambrientos que se ponen los lobos después de transformarse.

La pérdida me consume. El dolor de no tener una mamá que haga esas pequeñas cosas, que se asegure de que haya comido lo suficiente o que me pregunte sobre la tarea u otras pequeñas cosas que hacen las mamás, me golpea tan fuerte que tambaleo.

—Eso es dulce, —logro decir—. Las mamás son... geniales.

Abe debe escuchar algo en mi voz porque de inmediato me choco contra su pecho.

—Mierda, Perla. Lo siento.

Disfruto el abrazo. He estado alejando a la gente por más de un año. Sin querer caricias. Pero ahora que estoy vulnerable, ahora que siento de nuevo, es increíble que te abracen.

También es simplemente increíble volver a sentir este dolor. Este sufrimiento. Esta pérdida que mantuve alejada por tanto tiempo.

En vez de enfrentarla, me entrego a ella. Dejo que me invada. No, eso no es correcto; sale de mi interior. Estoy emitiendo dolor.

Y el dolor es maravilloso. Porque soy yo. Es mío. Estoy viva y me duele y en serio estoy lamentando la pérdida de mi mamá.

—No, está bien. —Finalmente lo estoy sintiendo. Dios, por tanto tiempo pensé que estaba rota. Que posiblemente era una hija horrible. Ahora sé que sólo estaba en un coma emocional o algo así—. Me alejo y miro a Abe.

Él sostiene mi rostro con sus grandes manos y se inclina para poner su frente contra la mía.

—No estás rota. —Murmura las palabras y su respiración es una pluma sobre mis labios—. Eres perfecta así, Lauren Sterling. —Él acaricia mis labios con los suyos, luego besa cada una de mis mejillas y mi frente—. La forma en la que lamentas o no lo haces es tuya. No está bien o mal. Puede ser a tu propio tiempo. A mí me parece que pusiste pausa en lamentarte porque tu papá fue un bastardo egoísta que intentó matarse.

Un barranco se abre justo en el centro de mi pecho. La enormidad del intento de suicidio de nuestro padre, el terror que provocó en mí por poder perder a ambos padres, amenaza con tragarme como un sumidero. Me aferro a Abe para mantenerme presente. Para no volver a desaparecer.

—No estás rota, —vuelve a murmurar Abe—. ¿Todavía crees eso?

—Cuando estoy contigo se siente como si pudiera salir de los escombros. Como si hubiera estado en un accidente automovilístico y me hubiera golpeado la cabeza. Estuve soñando todo el último año. Y ahora, de pronto, estoy despierta. Puedo ver que sigo atrapada en las partes y piezas rotas, pero podría salir.

Abe desliza su mano hacia la parte de atrás de mi cabeza y toma mi cabello; me sorprende con su cambio de tierno a dominante. Baja sus labios a mi oreja.

—Cuando dices cosas así, realmente quiero *consumirte*, —gruñe.

Él se aleja y sus caninos brillan con la luz de la luna que entra por la ventana.

Un temblor de reconocimiento me atraviesa aunque no sé qué estoy reconociendo. Mi cuerpo reacciona con una ola de calor. Un latido entre mis piernas. Una necesidad vibrante de volver a la habitación.

Un ladrido de lobo sale desde otro lado esta vez.

—Mierda, —murmura Abe, tomando mi mano—. Necesito llevarte a casa.

Capítulo diecisiete

auren
Me despierto tarde y salgo de la cama. Mi cuerpo está dolorido en todos los lugares correctos y me sorprende sentir algo de vigor en mi andar, como si el despertar que experimenté con Abe anoche siguiera presente. Me siento viva, incluso después de que pase la adrenalina de saltar de un acantilado y ser perseguida y atada por un tipo ardiente.

Si me sentía culpable por salir con Abe después de cómo dejamos las cosas con Luke, eso desapareció cuando llegué a casa anoche y me di cuenta de que Lincoln y Luke ni siquiera habían llegado a casa aún. Parece que encontraron una gran fiesta en Tempe y se quedaron.

Después de una larga ducha, me visto y me dirijo a la cocina. Mi papá se sienta a la mesa junto al ventanal que da a la ladera. Sigue con su bata, a pesar de ser casi el mediodía.

Le beso la sien.

—No estás vestido.

Teníamos un acuerdo; se supone que se cuide a sí mismo, lo que incluye ducharse y comer.

—Es fin de semana.

—Eso es verdad. —Me sirvo un tazón de Golden Grahams y me siento frente a él a la mesa.

—Esta mañana vi un oso.

—¿En serio? —Mi piel cosquillea. ¿Habrá osos transformistas? ¿Esa es otra especie de Wolf Ridge que no conozco?

Nah, es probable que no. Me recuerdo a mí misma preguntarle a Abe.

Tengo tantas preguntas importantes para él. Anoche puso su número en mi teléfono, así podría decirle cuando quisiera volver a tirarlo de un acantilado. Siento una pequeña explosión y ebullición de emoción cuando pienso acerca de escribirle más tarde acerca del oso. O acerca de verlo otra vez.

—Parecía un oso pardo, pero eso no es probable. Estuve leyendo al respecto. Los osos pardos solían ser nativos del área del Gran Cañón, pero ahora están en peligro y Arizona no ha aplicado un plan de reintroducción. De hecho, el estado fue demandado por el Centro de Arizona por la Diversidad Biológica por no presentar un plan.

Miro a mi padre boquiabierta. Es la primera vez que recuerdo que se ha interesado en algo por algún tiempo.

—Oh, guau. Sería genial si tuviéramos al único oso pardo de Arizona caminando por la Colina Moongaze.

Una comisura de la boca de mi papá se levanta.

—A tu mamá le hubiera encantado eso. Tenía un interés por los osos.

—¿Ah sí? ¿Cómo no supe eso? —La información me lastima. Esta sensación tiene sus desventajas.

Pero no, quiero sentir. Quiero que el dolor de perder a

mi mamá esté presente. Al menos sé que estoy viva y que me importa.

—Ah, sí. Una vez fuimos de viaje a Alaska y ella estaba tan emocionada de ver osos salvajes. De dio tanta emoción. Creo que tenía algo que ver con la abuela. A ella también le encantaban los osos.

—¿Vio alguno en el Gran Cañón?

Se supone que el amor de mi mamá por Arizona vino de mi abuela, quien se fue en un viaje alocado al Gran Cañón con sus amigas de la universidad en un Volkswagen convertible después de graduarse en los setentas.

La abuela nunca regresó, pero le hizo prometer a mi mamá ir a ver el Gran Cañón cuando moría de cáncer de pecho. Sí, el mismo cáncer que tuvo mi mamá quince años después.

—¿Tu abuela? No tenía idea, —dice mi papá—. Pero tu mamá dijo que solía pasar toda su visita al zoológico del Bronx frente a la exhibición de los osos, hablando sobre cómo no deberían tener osos encerrados.

—Ah, sí. Mamá también solía decir eso, —recuerdo. El dolor de no saberlo se transforma en algo más cálido. Como si hablar de mamá trajera esa sensación de ser amada por ella.

Mi papá pasa de mirar la ventana a verme a mí.

—¿Cómo estuvo el Baile de bienvenida?

—Em... bueno, Luke y yo terminamos, pero salí con otro chico, así que terminó bien.

Mi papá se sorprende.

—Tú y Luke terminaron... lo siento, cariño. Ni siquiera lo vi venir.

—Sí, está bien.

—¿Debería haberlo sabido?

—Bueno, vino aquí para poder terminar en persona, lo que para mí no tenía sentido, ¿pero yo qué sé?

Esperaba que estuviera decepcionado porque es amigo del papá de Luke, pero sólo me mira pensativo.

—En realidad nunca pensé que ustedes encajaran bien, —dice.

—¿No?

Él niega con la cabeza.

—No. Se sentía como si él siguiera tu influencia. Le gustaba tu estatus social y se aprovechaba de tu necesidad de tener un amigo mientras tu mamá estaba muriendo.

Me arden los ojos y pestañeo rápido mirando mi cereal. No creo que me haya dado cuenta hasta ahora de lo poco presente que estuvo mi papá en mi vida. Estuvo tan atrapado en su propio dolor que no le quedó nada para ofrecerme.

Ahora sólo escuchar esta simple observación acerca de mi relación me hace querer llorar como un bebé.

Él se acerca y cubre mi mano.

—¿Estás bien?

Lucho por tragar el nudo en mi garganta.

—Sí. —Inhalo. La liviandad de mis actividades recientes me da una sensación de plenitud en mi corazón—. Estoy bien.

Mi antigua vida definitivamente está muerta. Quien fuera que solía ser, lo que sea que fuera o no fuera Luke para mí, parece irrelevante.

Ahora soy una nueva persona. Quizá no esté viviendo con intensidad aún, pero estoy volviendo a la vida. Convertí a un enemigo en un amante. Salté de un acantilado. Me enteré de que existen los vampiros y los lobos transformistas.

Escucho que abren la lluvia en el baño del pasillo. Luke está despierto.

Puedo dejar de evitarlo. Anoche hablamos y terminamos. Estoy agradecida por el apoyo que fue cuando mi mamá estaba muriendo, pero eso es todo. El resto es parte del pasado.

Esta tarde lo llevaré al aeropuerto y me despediré. Adiós a Luke. Adiós a mi antigua vida.

Tomo el teléfono y le escribo a Abe. ***¿Hay algo así como un oso transformista?***

* * *

Abe

—¿Adónde vas? —me pregunta mi papá cuando intento escaparme de mis padres con un «los veo después» casual.

—A correr, en cuatro patas. Tengo que quemar algo de agresión acumulada.

Siempre es mejor decir algo que se parezca a la verdad cuando escondes algo. Y la agresión acumulada no es mentira.

Me volví a desmayar esta tarde cuando leí el mensaje de Lauren sobre llevar a Luke al aeropuerto.

¿No puede llevarlo Lincoln? Casi le escribo, pero por suerte el desmayo evitó que lo enviara.

Lauren ni siquiera es mi novia. No puedo reclamarla.

Mentira, gruñe mi lobo cada vez que pienso eso.

Así que ahora necesito verla, para hacérselo hasta hacer que lo olvide. No es que ella haya acordado esta reunión.

Tengo otra razón para desafiar a mi alfa e ir a su propiedad. Ella me dijo que su papá vio un oso allí. Necesito olfatear los alrededores para ver si fue el mismo viejo transformista.

—Abe, ¿has tenido algún otro dolor de cabeza o molestia visual esta semana?

Dudo. No quiero que me someta a más pruebas.

—No. Todo está bien. Sólo es agresión.

—Deberías canalizar esa agresión en el fútbol, hijo. El entrenador Jamison me dijo que un reclutador de ASU irá a ver el partido esta semana. Tienes que estar en tu mejor momento para obtener esa beca completa de la que hablamos.

—Sí, señor. Lo estaré.

—No veo cómo ir a correr a las nueve de la noche un domingo es compatible con prepararse para el reclutador.

Mi visión empieza a enloquecerse. Mi lobo quiere salir y arrancarle un pedazo de carne a mi papá ahora mismo por intentar mantenerme alejado de Lauren.

Como siempre, lo cubro con fanfarronería. Golpeo mi mano abierta contra la pared para lograr un golpe fuerte pero inofensivo.

—Estoy descargándome para *poder* concentrarme en el juego, papá.

Mi mamá entra desde la sala de estar.

—Paul. Ya es un adulto. Deja que tome sus propias decisiones.

Mi papá luce preocupado.

—Bien. Pero mantente alejado de la Colina Moongaze.

Uh, claro.

—Sip, —digo. Otra orden directa que desobedeceré.

Troto para salir de la casa y conducir mi coche hacia la cabina, luego estaciono y corro el resto del camino hacia Lauren en forma humana. Me detengo antes del claro para percibir los aromas. Sería más sencillo detectar el rastro del oso en forma de lobo, pero no puedo trepar la ventana de

Lauren así y definitivamente planeo meterme por esa ventana.

Siento su olor alrededor del perímetro de la propiedad Sterling. Definitivamente es el viejo transformista otra vez. La teoría de la manada de que está vendiendo transformistas jóvenes resultó no ser correcta. Nadie dice mucho, pero entiendo que a Rayne la secuestró un humano y que ella se transformó por primera vez para protegerse.

¿Pero por qué está el oso entrando a la propiedad de la manada? ¿Se ha vuelto senil?

Veo movimiento en la habitación de Lauren y dejo de pensar en el oso. Mañana le diré a mi papá que sentí el aroma otra vez en la tierra de la manada.

Ahora mismo tengo una humana hermosa a quien torturar.

Me quedo en las sombras y fuera de la línea de visión de las ventanas para acercarme a la mansión y luego me pego a la casa hasta estar debajo de la ventana de Lauren. Cuando separo la pantalla del marco, choca con la ventana y me quedo helado, rezando que el papá de Lauren no salga con su escopeta.

La ventana se abre de golpe.

—¿En serio? —Susurra Lauren, pero una hermosa sonrisa ilumina su rostro. Me quita el aliento.

Está tan cambiada de la chica rica y creída que entró a la secundaria Wolf Ridge en agosto.

Me aprovecho de la ventana abierta y paso una mano por el marco para levantarme con un brazo.

—Deja de lucirte, —susurra cuando paso una pierna por encima y caigo sobre el piso de madera. Ella lleva unos pantalones azules cortos y finos de pijama y un top con tiras finas que no puedo esperar a arrancarle.

Cubro su boca y la muevo hacia atrás hasta que sus

piernas chocan contra la cama. Luego la levanto por la cintura y la arrojo en el centro.

Ella deja salir una risa entrecortada y silenciosa.

—¿Qué estás haciendo?

Me saco la camiseta por encima de la cabeza, y me mareo de lujuria cuando la mirada de Lauren sigue mi pecho y se queda allí. Me quito las zapatillas y me subo sobre ella.

—¿Cuál es tu palabra segura? —Susurro mientras tomo sus muñecas y las pongo junto a su cabeza.

No me canso de la luz en sus ojos.

—Arizona.

Asiento.

—Entonces, si escucho Arizona, me detendré. Sino estás a mi merced. —Suelto sus muñecas para bajarle los pantalones. Ella no lleva bragas debajo y está recién afeitada. Casi me vengo en mis pantalones cuando baja la mano para acariciar entre sus piernas. El aroma de su excitación llena mis fosas nasales.

—No, no. —Tomo sus muñecas y saco su mano, aunque su auto placer es realmente sensual—. Yo te daré placer. —Separo bien sus rodillas y la lamo.

Ella salta, patea con una pierna y sus manos salen volando hasta mi cabeza.

Le sostengo ambas muñecas a los lados y sigo moviendo la lengua, siguiendo la parte interna de sus labios, y luego la penetro con la lengua tensa.

Ella pone las rodillas encima de mis hombros y mueve su pelvis para presionar contra mi boca. La succiono, la muerdo, encuentro su clítoris y muevo la lengua por encima.

Su respiración se acelera. Ella se muerde los labios y contiene un gemido.

No dejo que acabe. Muerdo y lamo mi camino hacia el

norte y le deslizo su top mientras beso la parte plana de su barriga. Lamo y succiono un pezón mientras toco el otro pecho.

—Quítate el top, —le ordeno.

No tengo idea de si me obedecerá o no. Sé que le gusta que la obligue. No estoy seguro de si la obediencia es su fetiche.

Ella me sostiene la mirada mientras se quita el top.

Mi visión empieza a enloquecerse. Pestañeo y me obligo a respirar lento hasta que se aclara. Veo que las cejas de Lauren están entrecerradas con preocupación.

Sacudo rápido mi cabeza.

—Voltea, princesa, te lo haré por atrás.

Lauren no me obedece esta vez. Estoy listo para calmarme cuando dice,

—Oblígame.

Escondo una sonrisa mientras la volteo rápido y tomo una almohada para meterla debajo de sus caderas. Ella luce increíble. Tomo una de sus nalgas con fuerza y aprieto, acercándome para morder la otra.

Estoy ciego otra vez; el dolor quema mis sienes y el centro de mi frente.

Respiro y no dejo que me detenga de deslizar dos dedos entre sus piernas para acariciar su dulce sexo. Ella está caliente y húmeda, y mis caninos descienden, listos para marcarla. Mi visión se aclara, pero ahora estoy viendo con mis ojos de lobo.

Bajo los pantalones cortos lo suficiente como para liberar mi verga y ponerme un condón.

—Estoy usando protección, Perla.

Ella separa un poco más las piernas.

Froto la cabeza de mi miembro contra su entrada un par

de veces y luego entro. Ella arquea la espalda para tomarme más profundo. Qué chica preciosa.

Una pequeña humana hermosa, ardiente e increíble.

La lleno con mi verga y salgo lento, acariciando su interior con empujones suaves.

Tengo que respirar profundo y lento para evitar que mis ojos se enloquezcan, pero no me importa. Estar dentro de Lauren se siente como mi derecho.

Me vuelve salvaje y se siente como mi hogar al mismo tiempo.

Envuelvo mi puño en su cabello y tiro con gentileza mientras empiezo a acelerar.

—No dejaste que él te toque, ¿verdad, hermosa?

—Le di un abrazo en el aeropuerto. —Lauren intenta mirar por encima del hombro, pero mis manos en su cabello lo hacen imposible.

Gruño, un verdadero gruñido de lobo.

Lauren empapa mi verga.

Me acerco y le gruño en el oído.

—Nunca más te tocará. ¿Entendido? —Estoy más duro que una piedra ahora, listo para venirme, y estar cerca de su hombro me vuelve desesperado por marcarla—. Nunca, —repito, acelerando el ritmo.

Lauren no responde.

Tiro de su cabello.

—Dilo.

—Nunca.

—Buena chica. —Ahora estoy golpeando contra ella. Ambos estamos sin aliento y muy ardientes.

Le suelto el cabello para concentrarme en un pezón, pinchándolo hasta convertirlo en un pico endurecido.

Ella muerde la almohada, grita de placer contra la tela.

—Así es, Perla. Acaba para mí, —jadeo, empujando más fuerte y perdiendo toda noción de tiempo y lugar.

Empujo profundo y lleno el condón al mismo tiempo que sus músculos aprietan y se tensan. Ella tiembla debajo de mí, llora en la almohada con placer.

Perdí mi visión, pero no hay dolor. Beso su nuda y me muevo lento para exprimir lo que queda.

—Mañana por la noche. Después de que oscurezca. Nos encontramos en la cabaña. —No sé si se lo estoy preguntando o exigiendo. Todo lo que sé es que ya estoy desesperado por verla y no sé cómo lograré sobrevivir el día escolar sin hacer que se sepa que es mía.

Salgo lento de Lauren y la pongo boca arriba. Mi visión regresa y veo que sus párpados están cansados y sus extremidades relajadas. Ella se estira como un gato al sol.

—Quizá, —ronronea.

—Encuéntrame, —insisto.

Ella me dedica una hermosa sonrisa otra vez,

—Bueno.

Me acerco y reclamo su boca, besándola fuerte.

—Ahora eres mía, Lauren Sterling. Nadie más te toca. Nadie más siquiera pensará en ti o los golpearé con mi lobo.

La sonrisa de Lauren es complaciente, como si la divirtieran mis celos, pero ella niega con la cabeza y señala la ventana.

—Vete, Abe.

Capítulo dieciocho

Lauren

Volver a la secundaria Wolf Ridge ahora que estoy viva es una nueva experiencia. Caminando por los pasillos, mis sentidos están maximizados, o al menos no siguen adormecidos. Escucho cada ruido. Noto la belleza natural y el atletismo espectacular de la mayoría de los estudiantes que cruzo, tanto hombres como mujeres.

—¿Has notado lo poco diversa que esta escuela étnicamente? —Le digo a Lincoln mientras caminamos a nuestros casilleros.

Él se ríe.

—¿Recién ahora notas eso?

—No estaba prestando mucha atención antes. Lo miro y me pregunto qué ve. Si ha notado alguna pista acerca de las diferencias entre los estudiantes aquí y los adolescentes humanos normales.

Lincoln es bastante observador. Es el tipo de chico que nota a todos en una fiesta. Conoce su vibra antes de siquiera interactuar. Siempre trató nuestra mudanza a este lugar como un estudio antropológico de pequeñas ciudades.

—No es como si Landhower hubiera tenido mucha diversidad, —dice Lincoln mientras deja sus libros en su casillero y saca un cuaderno y un lápiz.

—No, pero más que aquí.

—Eso es verdad.

Abe y sus amigos vienen corriendo por el pasillo, hablando en voz alta. Los otros estudiantes se separan para dejarlos pasar.

Estoy poco preparada para cómo se siente que me ignore por completo. Él sólo pasa a mi lado con sus amigos como si todo lo que pasó el fin de semana no hubiera pasado.

Sé que quiere que sea un secreto el que sepa de su especie. Siente que no puede relacionarse conmigo. Esto no es muy diferente de cómo actuó el fin de semana pasado, después de que descubrí que es un lobo.

Pero el último fin de semana, no me importaba.

El último fin de semana, todavía estaba algo adormecida. Sólo empezaba a despertarme cuando estaba cerca del mariscal de campo estrella de la secundaria Wolf Ridge.

Esta semana, vuelvo a sentirme viva. Y no me importa que me desprecie el bravucón de la escuela que estuvo en mi cama anoche.

Preferiría su acoso a esto. Al menos eso era atención.

No estoy acostumbrada a sentirme invisible.

Cierro de un golpe la puerta del casillero y arrojo mi cabello hacia atrás mientras camino en la dirección opuesta. Cuando me siento en mi clase de lengua, me vibra el teléfono con un mensaje. De inmediato estoy segura de que será de Abe.

Lo miro disimuladamente cuando el profesor no me está viendo...

Abe: Luces muy ardiente hoy.

Mi irritación se calma. Al menos sabe que fue un pendejo. Está intentando compensarlo.

Lo hago sudar al no responderle.

Funciona. Cuando lo veo en el pasillo después de la primera clase, su mirada me quema. Sus ojos brillan de un azul helado y miro cómo su rostro hermoso se tensa.

Está teniendo uno de sus episodios.

¿Lo volví a provocar yo?

De inmediato me arrepiento de torturarlo. Ahora que sé cómo mirar debajo de toda la arrogancia del alfa-diota, puedo ver lo que está escondiendo.

Pero lo disimula tan bien. Cuando pasamos, sonríe con alegría.

—¿Qué sucede, Perla? —se burla, pero puedo darme cuenta de que sus ojos no enfocan. Es probable que ni siquiera pueda verme ahora mismo.

—Cómeme, Abe, —le respondo con calma.

Él se ríe y sus amigos se mofan y sueltan una carcajada. Él voltea y camina hacia atrás para verme.

—¿Esa es una oferta, princesa?

No giro.

—En tus sueños, jugador.

La risa ligera de Abe parece genuina.

En el almuerzo intento darme cuenta de si Rayne también es una loba. Quería preguntárselo a Abe. Lo añadiré a la lista de preguntas que tengo acerca de cosas de lobos.

Parece que ella está recibiendo más atención hoy; los chicos la saludan. Estoy segura de que tiene algo que ver con que sea Reina del Baile de bienvenida aunque nunca me enteré de cómo fue toda la historia. Sé que estaba molesta cuando sucedió porque pensaba que su hermanastro lo había orquestado, y después no vino a la escuela el día siguiente.

Hoy, parece más que claro que no he sido amiga de Rayne, quien es literalmente la única alumna de Wolf Ridge que ha sido remotamente amistosa conmigo y con Lincoln. Estaba tan metida en mi propia burbuja silenciosa que nunca me preocupó mucho nadie más.

Abe me molestó por ser tan estirada. Ahora veo que así debí verme exactamente para todos en esta escuela.

—Entonces, ¿cómo estuvo el Baile de bienvenida? —Le pregunto, moviendo las cejas—. ¿Lincoln dijo que tus padres ya saben sobre tu relación con tu hermanastro?

Rayne se sonroja.

—Estuvo increíble. Estoy realmente contenta.

—¿Entonces cómo funciona? ¿Ahora sólo comparten una habitación o qué?

Ella se sonroja un poco más.

—Técnicamente he estado en su habitación todo este tiempo y él ha estado durmiendo en el sofá. Pero regresará a la universidad esta semana.

—Oh, qué mal. ¿Adónde va?

—Duke.

—Uuh, eso es lejos. Lo siento.

—No, está bien. Terminará este año y luego puede transferirse a ASU, donde planeo ir el próximo año. ¿Qué hay de ti? ¿Rompiste con tu chico?

—Sip. Terminamos. Fue muy incómodo. Pero él y Lincoln condujeron hasta ASU después de la fiesta del Baile de bienvenida y parece que estuvieron con unas chicas de universidad, así que todo está bien ahora.

—Oh, guau. ¿Eso no te molestó?

Lincoln me mira mal. Él y yo no hemos hablado del

hecho de que Abe me llevó a casa esa noche y sobre lo que pasó después. Me está dando privacidad.

—Para nada. Fue un alivio en realidad.

—¿Y cómo estuvo el resto de tu noche? —Pregunta Lincoln.

—Tranquila, —digo con firmeza para evitar cualquier otra pregunta—. ¿Escuchaste a los lobos después del baile de bienvenida? —Le pregunto a Rayne—. Sonaba como a una manada entera.

—Oh, ¿en serio? No, no escuché nada.

—¿Pero los has visto antes, verdad? —Pregunto, intentando sonar casual.

Rayne pestañea con sus grandes ojos azules y se toma un momento para tragar su comida.

—Em, sí. He visto lobos un par de veces.

—¿Qué hay de osos?

Ella levanta las cejas.

—No. ¿Por qué? ¿Viste a uno?

Asiento.

—Nuestro papá dice que había uno en nuestra propiedad. Así que han venido lobos y osos. Estoy empezando a pensar que los animales de esta ciudad están intentando alejarnos.

Rayne se ahoga con su comida.

Y esa es mi respuesta. Definitivamente es uno de ellos. Así que probablemente no sea popular porque es pequeña y no es atlética. Algo acerca del orden de la manada.

—Necesitamos deshacernos de esa escopeta que compró papá, —murmura Lincoln con seriedad.

Un escalofrío recorre mi piel.

—Tienes razón.

No es sólo la vida de Abe la que podría estar en riesgo con

el hecho de que mi papá tenga un arma. Por cómo se agrandan los ojos de Rayne con preocupación, deduzco que Lincoln le ha contado acerca del intento de suicidio de nuestro papá.

—¿Cómo te deshaces de un arma de forma segura? —Me pregunto—. Quizá podamos sólo esconderla en alguna parte de la casa.

—Sí, —concuerdan Lincoln—. La pondré debajo de mi cama o algo así. De esa forma, si el lobo regresa, tú y yo sabremos dónde está.

Mi estómago se anuda al pensar en Lincoln disparándole a Abe.

—Ni siquiera sabemos disparar un arma, —le digo.

Lincoln se encoje de hombros.

—Sabré cómo si tengo que hacerlo.

—Bueno, no creo que sea necesario, —digo rápido—. No creo que ese lobo esté rabioso. Creo que es amigable. Es probable que lo alimenten los humanos, así que no tiene miedo o algo así.

Rayne asiente.

—Estoy de acuerdo. No me preocuparía por ataques de lobos. Nunca escuché que pasara algo así.

—Un lobo literalmente intentó entrar por la ventana de mi hermana, —dice Lincoln—. Rompió la pantalla y todo.

La mirada de Rayne se mueve hacia la mesa en donde se sientan los alfa-diotas.

Sip. Es uno de ellos y sabe que fue Abe.

Tendré que ser más cuidadosa a su alrededor. No sé si puedo confiar en que no me entregue si sospecha que conozco su secreto.

Y de ninguna maldita forma dejaré que alguien vuelva a llevarme con un vampiro. Tendrían que matarme primero.

Suena la campana y me paro sólo para encontrar a Abe y sus amigos justo detrás de mí. Vuelve a ignorarme, o finge hacerlo, pero siento la más ligera caricia en mi espalda baja mientras pasa, un reconocimiento fugaz de que este fin de semana fue real.

El Abe bravucón de la escuela es falso.

Cuando voy a mi próxima clase, me llega otro mensaje de texto.

Abe: Encuéntrame en la cabaña esta noche. 6:30. No te decepcionaré.

Mi corazón se acelera como un motor que se acaba de encender. Mi cuerpo se calienta y recuerda todas sus habilidades para nada decepcionantes. Definitivamente lo encontraré.

Pero no respondo.

Si él quiere fingir que no existo, lo haré sufrir.

Abe: Le dijiste a toda la escuela que quieres que te coma. Sólo quiero darte lo que necesitas.

Yo: Lo pensaré.

Abe: Te estaré esperando. Si no vienes, tendré que castigarte.

* * *

Después de cenar, le digo a Lincoln y a mi papá que iré a la biblioteca y conduzco el Tesla por los caminos de tierra que llevan a la cabaña de Abe.

El problema es que los caminos no están marcados ni tienen nombre, y no es que tenga una dirección que pueda poner en el sistema satelital del Tesla.

Pero conozco el camino a pie. Termino haciéndome a un costado del camino y estacionando para caminar desde allí. El sol se ha puesto recién y hace que las montañas brillan con un rosa y violeta mágico.

Tengo una dosis de dopamina mientras camino y sé lo

que me espera. Por primera vez, realmente absorbo la belleza que vio mi mamá aquí, no de una forma chata y poco emotiva, sino que lo siento en mi pecho. Como un globo que se expande y me hace sentir más liviana.

No me puse los zapatos apropiados para caminar; llevo un par de ojotas de cuero de Manolo Blahnik, pero no debería estar demasiado lejos de la cabaña o del camino que lleva a ella ahora.

Pero es más rocoso de lo que recordaba y tengo que elegir bien mi camino entre las piedras más grandes, evitando pincharme. Una de las rocas se mueve bajo mis pies y antes de siquiera ver el peligro, una serpiente que está debajo me muerde el tobillo.

Grito y pateo y me caigo sobre mis manos y rodillas.

La serpiente vuelve a meterse entre las piedras.

Oh Dios. ¿Era una cascabel? ¿Estoy en serios problemas ahora?

Intento levantarme, pero sólo doy un par de pasos antes de no poder seguir soportando el peso de mi pie. Se hincha el doble de su tamaño en menos de sesenta segundos.

Mis manos tiemblan. Mi respiración sale en llantos audibles. Ya estoy entrando en shock. Busco mi teléfono, pero se me debe haber caído cuando me tropecé. La oscuridad cae rápido mientras intento regresar gateando.

Oh, mierda.

Por favor no. Dime que esto no está sucediendo. Veo mi teléfono asomándose por el mismo orificio en donde desapareció la cascabel.

No hay ninguna maldita forma de que vaya a meter la mano allí dentro.

Si pensaba que todavía no estaba completamente jodida, las cosas empeoran. Porque escucho que las rocas se mueven detrás de mí.

No es otra serpiente.

Es peor.

Un oso pardo gigante viene corriendo hacia mí en cuatro patas con su gigante boca abierta en un rugido.

⁎ ⁎ ⁎

Abe

Ella no vino.

No soy tan engreído como finjo, pero *sí* pensé que vendría. *Sé* que disfrutó nuestro tiempo juntos este último fin de semana. Dijo que la hice volver a sentir cosas.

Sé que no está enganchada de ese ex suyo.

¿Entonces por qué no está aquí?

Reviso mi teléfono por quinceava vez para ver si ha respondido a alguno de mis mensajes, pero no.

Salgo del porche de la cabaña e intento decidir qué hacer. ¿Debería ir a su casa? Si lo hago, ¿sería mejor en forma de lobo para espiarla o en forma humana como para volver a meterme por la ventana?

De pronto mi cerebro entra en cortocircuito y vuelvo a apoyarme contra la cabaña; el dolor me quema detrás de los ojos y en el cráneo. Jadeo y me quedo sin aliento, intentando relajar mi cuerpo y hacer que vuelvan mis ojos humanos.

¿Lauren está cerca? No sentí su olor. Eso no fue lo que me provocó el episodio.

Los pelos de mi nuca se quedan parados. Esto se siente diferente.

Algo anda… mal. Muy mal.

Aunque no puedo ver, obligo a mis piernas a moverse hacia mi Range Rover. La necesidad de llegar a Lauren me sobrepasa.

Antes de que se aclare mi visión, escucho el ruido de los

197

arbustos. El sonido de algo grande que se mueve muy rápido hacia mí.

Me tenso; mi cuerpo se prepara para transformarse para protegerme. Siento el olor del oso ni bien se aclara mi visión. Se traga el espacio entre nosotros con un paso gigante. Estoy a punto de transformarme, pero veo algo entre su mandíbula poderosa.

La sandalia de una mujer.

La sandalia de *Lauren*.

La ira crece y mi lobo está irracionalmente preparado para luchar contra este oso hasta la muerte si la lastimó. Pero el oso arroja su gran cabeza hacia atrás y me tira la sandalia a los pies; luego voltea.

—¿Adónde está? —Grito mientras la levanto. Ya estoy corriendo detrás de él.

Grita fuerte, un sonido que me provoca cosquillas en la columna, pero sigue corriendo, así que lo sigo.

Mi mente racional empieza a seguirlo. Él no la lastimó. Vino aquí a buscarme. Pero entonces está lastimada. Algo anda muy mal.

Saber eso me hace correr más rápido que nunca antes en forma humana. Casi alcanzo al oso.

Y entonces escucho los gritos de Lauren.

—¡Ayuda!

—¡Lauren! —Grito, corriendo incluso más rápida—. ¡Estoy llegando! ¿Dónde estás?

—¡Abe! Por favor. Aquí.

Está llorando. Definitivamente está asustada. Mi lobo está frenético. Yo estoy frenético.

—¡Lauren! —La encuentro sentada en unas piedras grandes. Sus rodillas están lastimadas y el pie al que le falta la sandalia está enorme. Me siento a su lado—. ¿Te caíste? ¿Qué pasó, bebé?

Ella está llorando, un llanto histérico, hiperventilando.

—¡Fue una serpiente!

—Ay mierda. —Su piel hinchada está llena de marcas negras que suben por sus venas y veo las marcas de mordida en su tobillo—. ¿Una cascabel? —La tomo en mis brazos y giro para buscar al oso, pero ha desaparecido.

—No lo creo. O sea, no hizo ruido de cascabel.

Empiezo a correr hacia mi vehículo. Esto es malo. Debe ser la mordida de una cascabel. Las marcas negras son el veneno que viaja a su corazón. ¿La matará? Sé que son venenosas para los humanos. No estoy seguro de qué tan mortales.

—No, algunas no. Los humanos matan a las que hacen ruido, así que han evolucionado para no seguir advirtiendo.

Lauren pasa los brazos alrededor de mi cuello. Intento no moverla demasiado mientras corro lo más rápido que puedo hacia el coche.

—No te preocupes, bebé. Te llevaré al hospital. O con mi papá. O lo que sea que necesites. Todo estará bien.

—Después de que me mordió la serpiente, un oso intentó atacarme. —Lauren suena insultada.

—¿Qué quieres decir con atacarte?

—Que se acercó directo hacia mí. Grité y le tiré rocas hasta que se fue.

—Creo que el oso te salvó. Me trajo tu zapato, así que lo seguí de regreso.

Ella se queda callada, sus llantos se calman; parte de la tensión de su cuerpo desaparece.

—¿Lo hizo?

—Sí. —Llego a la Range Rover y abro la puerta del pasajero; luego llamo a mi papá mientras corro al lado del conductor.

—Papá, estoy con Lauren Sterling, y ella acaba de ser mordida por una cascabel.

—¿Dónde están?

Sólo dudo un momento. La vida de Lauren está en riesgo. Puedo lidiar con explicar lo que estoy haciendo con una humana después.

—En la cabaña.

—Ella necesita llegar a un hospital, pero tengo anti veneno en el consultorio. Te veré allí e iré con ustedes al hospital.

—Estaré ahí en diez. —Corto la llamada y miro a Lauren.

Ella está pálida; sus ojos de color azul verdoso resaltan contra su piel

—Mi papá es doctor. Tiene anti veneno en el consultorio. Iremos a encontrarlo de camino al hospital.

Ella asiente.

—Mi teléfono sigue allí. Se cayó en el agujero por el que se metió la serpiente, así que no pude llamar para pedir ayuda.

—Oh, bebé. Eso es horrible. Lamento que te pasara esto.

—Me duele tanto. Creo que vomitaré. —Ella baja la ventana y saca la cabeza. Después de unos momentos, pregunta—, ¿entonces el oso era un transformista?

Ella me había escrito durante el fin de semana preguntando si había algo como un oso transformista y le dije que sí.

Sí. Uno viejo. No se supone que esté en territorio de lobos, pero lo he visto antes. De hecho, lo vi también el día en que casi caíste por el acantilado. Nunca te lo dije, pero tenía tu carta. Tuve que pedirle que me la devolviera.

—¿Hablaste con él?

—No, él se mantuvo en forma de oso. No sé si está senil y por eso está fuera de su territorio o qué.

Conduzco más rápido de lo que es seguro por los caminos de tierra; luego tres veces más del límite de velocidad para llegar al consultorio de mi papá.

Está esperando en el frente con su bolso de emergencia. Él abre la puerta del pasajero.

—Hola, Lauren. Soy el Dr. Oakley, el papá de Abe. Tengo un anti veneno que te inyectaré antes de llevarte al hospital, ¿bien?

—Bueno. —La voz de Lauren es débil y temblorosa.

Abandono mi plan de fingir que sólo me la crucé por casualidad. La necesidad de calmarla y tranquilizarla es demasiado fuerte. Me estiro y masajeo su nuca mientras mi papá le da la inyección.

Si nota que estoy teniendo demasiada intimidad con esta humana, no lo demuestra. Sólo se sube al asiento trasero y se abrocha el cinturón.

Salgo hacia el hospital de Cave Hills.

—¿Ya has llamado a su padre? —pregunta mi papá.

—Su teléfono quedó en el agujero de la serpiente, —explico.

—Bueno, tú tienes teléfono. Debería vernos allí. Esto es serio, hijo. —Ahora escucho el juicio en la voz de mi padre.

—¿Estará bien? —Me obligo a preguntarlo; mi corazón late dolorosamente contra mi esternón.

—Las mordidas de las cascabeles rara vez son fatales. Una de cada seiscientas personas mueren por ello. ¿Hace cuánto fue la mordida?

La palabra *fatal* rebota en el interior de mi cráneo y hace que presione el acelerador a tope.

—¿Lauren? —pregunta mi papá cuando ninguno responde—. ¿Hace cuánto te mordió?

Lauren empieza a temblar.

—Em... No estoy segura.

Me quito el cinturón y me quito la camiseta por encima de la cabeza mientras sigo conduciendo a ciento quince kilómetros por hora por el camino.

—¡Abe! ¿Qué estás haciendo? —ladra mi papá.

Paso mi camiseta por encima de Lauren.

—Tiene frío, papá. Entrará en shock o algo. —Pongo la calefacción a tope aunque probablemente hagan unos veinte grados afuera—. ¿Cuánto tiempo estuviste ahí antes de que te encontrara? —Le pregunto Lauren.

—No lo sé; se sintió como una eternidad, pero probablemente no fue tanto. Quince o veinte minutos.

—Bueno, entonces digamos que veinte minutos desde que llegué allí y otros veinte hasta que le diste el anti veneno. ¿Estará bien? —Intento evitar que mi voz muestre pánico.

—Sí. Estará bien. Pero es serio. Estará internada en cuidados intensivos. El veneno hace que los órganos dejen de funcionar.

Cuidados intensivos. ¡Mierda!

Odio que esto haya pasado cuando yo era responsable. Ella estaba viniendo a verme. Mis instintos son protegerla, pero la puse en peligro. Quiero golpearme mi propia cara.

Me estiro para frotarle la rodilla y descubro que su piel está helada.

—¿Lauren?

La hermosa humana está tirada contra la puerta del coche.

—Papá, ¡papá! Ella está totalmente desmayada. ¿Qué debería hacer?

Capítulo diecinueve

Lauren

Agh.

Abro los ojos ante un techo rectangular de luces fluorescentes.

Intento moverme, pero hay una vía conectada a mi brazo y el dolor en mi pie y tobillo es insoportable.

Gruño en la máscara de oxígeno.

¿Hace cuánto tiempo me mordió? Recuerdo partes de llegar aquí y de ser movida y pinchada y acomodada. ¿Ha pasado un día? ¿Tres? Dónde está mi familia, Lincoln o mi papá. ¿Dónde está Abe?

—Bien. Estás despierta.

Pestañeo cuando un doctor extremadamente grande entra por la puerta abierta. La bata blanca luce demasiado pequeña para sus hombros anchos. Tiene cejas blancas y pobladas que enmarcan sus ojos. Me quito la máscara de oxígeno.

—¿Cuánto llevo aquí? —digo como un graznido.

—Han pasado treinta horas desde que te trajeron.

—¿Está mi papá aquí? ¿O mi hermano?

—Es tarde. Fueron a casa a dormir. ¿Cómo te sientes?

—Horrible. Toda la pierna me late.

—¿Algún calor extremo? ¿Cosquilleo? ¿Huesos doloridos? ¿Hambre voraz?

—Y-yo no lo sé.

Él saca un frasco de conservas lleno de un líquido marrón.

—Necesito que bebas todo esto.

Puede que esté mareada, pero no soy estúpida. Ningún doctor da medicina en un frasco de conservas.

Intento sentarme.

—Con calma. —Pasa un brazo detrás de mí y me levanta con facilidad.

Me quedo boquiabierta.

—¿Quién eres?

Él mira hacia abajo al nombre en su bata blanca.

—Soy el Dr. Wesson. —Vuelve a mirar hacia arriba y me pasa el frasco con una gran mano retorcida—. Ahora bebe esto. Todo a la vez, así tomas la dosis correcta.

—¿Qué es?

—Té de arbustos de oso. A menos que quieras pasar el resto de la semana en la sala de cuidados intensivos, beberás todo ese frasco.

Té de arbustos de oso.

No tomo el frasco que me pasa.

—*Tú* eres el oso, —lo acuso triunfante. Estoy feliz de que mi mente confundida haya podido deducir algo ahora—. Llevaste a Abe a encontrarme.

Esto lo pone en movimiento. Él tapa el frasco y lo pone a mi lado en la cama del hospital, luego se aleja hasta la puerta.

—Bebe el té, Lauren, —me señala con un dedo mientras pasa por la puerta abierta— si quieres salir de aquí sin renguear. Eso es lo único que te sanará. —Empieza a irse y voltea—. Le puse miel, así que no sabrá tan mal.

Y luego se va, se quita su gorro de cirugía y la bata de doctor mientras camina por el pasillo. Me quedo mirándolo e intento recordar qué sucedió la noche que me mordió la serpiente. El oso vino corriendo hacia mí. Estiró sus largos brazos hacia mí. ¿Intentaba levantarme? Todo lo que vi fueron garras y colmillos. Pensé que estaba intentando atacarme, así que grité y tiré rocas. Debe haberse dado cuenta de que no iba a dejar que me ayudara, así que fue por Abe.

Quito la tapa del frasco de conservas y lo huelo. Sí huele a miel. Me lo llevo a los labios y bebo un poquito. Ni bien lo hago, mi cuerpo está hambriento.

Es como cuando tienes sed y tomas agua, pero luego te encuentras terminándote todo el vaso. Termino el frasco antes de siquiera saber lo que hago. Ni bien termino, mi mente se aclara.

El dolor en mi pierna cede. Puedo respirar profundo.

Miro a mi alrededor. No hay luz que entre por las ventanas. El reloj marca la una. *¿De la mañana?* Supongo.

Quiero salir de aquí. El calor y las cosquillas acaloran mi cuerpo. Me quito la vía del brazo y muevo las mantas. De pronto no soporto estar encerrada por otro minuto. Si no siento algo de aire fresco, me desmayaré.

Bajo las piernas de la cama y pongo el peso de mi cuerpo sobre mis pies de forma alegre. Me late el tobillo, pero me sostiene.

Veo mi ropa doblada en una esquina y camino como puedo hacia allí. Mi teléfono está también encima de la pila. Abe debe haberlo ido a buscar por mí.

Escucho que la gente habla en el pasillo y me quedo helada, pero pasan sin mirar adentro. Me pongo rápido la ropa y las ojotas. Mi pie sigue hinchado y hay unas líneas oscuras y furiosas que suben por mi pierna, pero el calor y las cosquillas viajaron en esa dirección, casi como si se deshicieran del veneno.

Salgo por la puerta y mantengo la cabeza hacia abajo; camino rápido hasta que encuentro el camino para salir del hospital adonde respiro aire fresco.

Sigo moviéndome con algo de urgencia por alejarme del hospital y la ciudad en general me presionan para avanzar. Entonces veo la Range Rover de Abe.

Abe está adentro, durmiendo contra la puerta del conductor como si hubiera estado aquí las treinta horas.

Toco la ventana y él se despierta.

—¡Lauren! —Abre la puerta y me envuelve con un abrazo gigante—. Destino, ¿qué estás haciendo fuera de tu cama de hospital? ¿Cómo estás caminando siquiera?

—Abe, gracias a Dios estás aquí. Estoy bien. Dolorida, pero totalmente bien. Sólo muero por volver a casa.

Abe me sostiene el rostro, lo observa con las cejas bajas.

—Sí. —Suena sorprendido—. Luces bien. Mucho mejor que hace unas horas. Tu papá me dejó entrar a tu habitación a verte.

No sé qué me frena en decirle lo del oso y el té, pero me guardo esa información. Por alguna razón, se siente como algo que es sólo entre el viejo oso transformista y yo ahora mismo.

—¿Me llevas a casa?

—Por supuesto. —Abe me suelta de a poco, como si no quisiera dejarme ir. Pero entonces parece cambiar de opinión y me levanta en sus brazos para llevarme hasta el lado del pasajero del coche.

Me río.

—Puedo caminar bien. Rengueo un poco, pero no está tan mal.

—No me importa, —dice de forma brusca—. Casi muero al pensar que sufrías y que no había nada que pudiera hacer.

—¿Me llevarás así también por todos los pasillos de la escuela? —Le pregunto.

Por supuesto, ya sé la respuesta. No puede. No lo hará.

Soy la humana despreciable con la que no se puede relacionar. Dice que es por mi protección y quizá lo sea, pero no me gusta ser el secretito sucio de nadie. Abe y yo estamos en una tierra de nadie. Una relación prohibida con momentos robados.

Me apoya en el asiento. Veo el arrepentimiento en sus ojos.

—Escucha. Acerca de nosotros, le dije a mi papá que estabas dando un paseo y que escuché que pedías ayuda, pero considerando que tu papá dijo que se suponía que estuvieras en la biblioteca, fue obvio que estaba mintiendo.

—Bueno, sólo porque sabe que nos encontraríamos no significa que sepa nada de lo que eres, ¿verdad?

Abe se para en la puerta del coche con las palmas acariciando gentilmente mis muslos.

—Eso probablemente sea verdad. —Tiene el entrecejo fruncido—. No dejaré que nada más te suceda, Lauren. Lo prometo.

Le creo. No tengo ninguna duda en mi mente de que le importo. Puede que finja que no significo nada para él en público, pero vi el miedo que tenía cuando me mordió la serpiente. Habría hecho lo que fuera para salvarme.

Envuelvo su camiseta con el puño y lo acerco, chocando mis labios con los suyos. Ni bien empezamos a besarnos, me sonrojo con un calor febril, las cosquillas se encienden en toda mi piel. Mi pie siente un latido doloroso.

No me importa. Ahora mismo soy lo opuesto de adormecida. Estoy llena de poder, llena de vida, y me estoy enamorando en serio de este lobo-atleta que parece ser una parte integral de mi nueva identidad.

* * *

Abe

—¿Qué sucede contigo y la humana? —Mi papá me lanza la pregunta cuando paso por la puerta después de dejar a Lauren en casa. Supongo que me estaba esperando despierto. Él apaga la televisión.

Sabía que vendría esta conversación, pero todavía no tengo una buena respuesta.

Los transformistas pueden oler las mentiras. Ninguna parte de mí cree que mi papá se haya tragado la historia de que me crucé con Lauren mientras ella estaba paseando. Sobre todo considerando que hoy falté a la práctica para ir directo al hospital después del colegio.

Vuelvo a mantenerme cerca de la verdad, aunque mi padre lo odie.

—No lo sé. —Me encojo de hombros intentando lucir casual. Como si toda mi vida no girara en torno a esa humana hermosa—. Estuvimos juntos en el Baile de bienvenida. Iba a verla de nuevo ayer, pero la mordió la serpiente de camino a verme. Tuve que asegurarme de que estuviera bien. —Giro mi anillo en mi dedo índice como si no fuera un tema importante. Como si mi corazón casi no se hubiera detenido cuando la encontré allí agonizando.

Mi papá frunce el ceño. No detectará ninguna mentira porque todo es verdad.

—El entrenador Jamison llamó para decir que faltaste a la práctica. No puedes faltar sin tener su permiso previo. Lo sabes.

Sí, pero no estaba pensando racionalmente.

—Sentí que venía un episodio y pensé que sería mejor alejarme del equipo. Además, tenía que llevarle su teléfono a Lauren.

Tampoco es mentira. El estrés y la preocupación por Lauren me están matando. Hoy, la falta de su aroma en el colegio me provocó un dolor de cabeza que no se fue hasta que ella entró en mi coche esta noche.

Mi papá se levanta del sofá y saca una lapicera con luz del bolsillo; la hace brillar en mis ojos. Me paro tenso para el examen.

—Luces bien ahora, —observa mi papá, apagando la luz y guardándola de nuevo en su bolsillo—. Hay reclutadores de tres universidades diferentes que irán a tu juego el jueves por la noche, ¿y tú decides que será mejor faltar a la práctica? ¿Intentas *arruinar* tu futuro?

Lauren es mi futuro, gruñe mi lobo.

—Ni siquiera sé si podré sobrevivir la universidad a este ritmo, papá, —exploto.

Él se va hacia atrás, como si lo hubiera golpeado, con la boca abierta en sorpresa.

—No puedo leer los papeles que me entregan; no puedo ver las palabras en el pizarrón. Es maravilloso si me dan una beca de fútbol para ASU, pero no sé cómo aprobaré mis clases.

Mi mamá sale de su dormitorio con el sonido de mi voz elevada.

—Cariño, no sabía que se estaba volviendo tan difícil.

—Yo tampoco, —dice mi papá.

El olor de la preocupación de mi mamá nos alcanza a

ambos y el instinto de mi papá de calmarla parece ser más fuerte que su necesidad de cuestionarme. Él acaricia a mi mamá y la lleva contra sí, envolviéndola con un brazo de forma protectora alrededor de la cintura.

—Podemos hacer más pruebas, —dice mi papá—. Tiene que haber una forma de identificar qué desata y reduce su incidencia.

—¡Ya no quiero seguir siendo tu rata de laboratorio!

—Abe, —me advierte mi mamá.

—¿Cuál es tu solución, hijo? —El tono de mi papá es serio—. No puedes hacer un buen trabajo en la escuela, pero no quieres que identifique los desencadenantes. ¿Cómo se supone que te ayude?

—¡Se supone que te apartes cuando estoy haciendo lo mejor que puedo! No quiero ni necesito que soluciones mis problemas por mí. Esta es *mi* vida. ¡Deja que lo solucione solo! —Me voy sin que me den permiso, caminando fuerte por el pasillo hasta mi habitación.

* * *

Después de una práctica agotadora en la que el entrenador Jamison me hace hacer fuerzas de brazos entre cada jugada como castigo por faltar ayer, me ducho y conduzco hasta la Colina Moongaze.

Lauren no vino a la escuela hoy, pero le he estado enviando mensajes y dice que se siente bien y que sólo se quedó en casa porque su papá estaba preocupado porque se había ido del hospital sin que le dieran el alta.

Ella dijo que podía recogerla para ir a dar un paseo en coche después de la práctica.

Sé que es irresponsable. Que me vean con ella sería arruinar por completo mi reputación, pero no parece que pueda evitarlo. Necesito su aroma en mis fosas nasales. Anhelo sentir su exquisito cuerpo. Necesito ver con mis dos ojos que realmente está bien.

Estaciono frente a la casa y doy unos pasos hasta la puerta. A mitad de camino allí, de pronto me pongo nerviosa. He vivido en Wolf Ridge toda mi vida. Mis padres son de la realeza de la manada; mi hermano fue el presidente de la clase y estrella de fútbol, y yo soy el capitán del equipo de la secundaria Wolf Ridge. No hay ningún lugar en esta ciudad adonde vaya en el que la gente no me conozca y me respete. Pero aquí estoy tocando la puerta de una humana. Puede que tenga que verme y sonar respetable si conozco a mi papá.

Resulta que es Lincoln quien abre la puerta.

Sus ojos se entrecierran mientras me observa, pero da un paso atrás para dejarme entrar. Lo vi en el hospital el lunes por la noche después de que mi papá y yo lleváramos a Lauren, pero más que repetir mi historia sobre cómo encontré a Lauren mordida en el camino, no teníamos mucho más que decirnos.

—¡Lauren! —grita y mantiene una mirada desconfiada sobre mí.

—Ey, —digo.

—¿Qué se supone que estás haciendo exactamente con mi hermana, Oakley?

Me encojo de hombros. Dios. Primero mi papá, ahora Lincoln.

—Sólo salimos.

—¿Sí? ¿Has sido un pendejo con ella desde que empezó el colegio y de pronto quieres juntarte? No lo entiendo.

Una sensación enfermiza me recorre. No pensé que mi idiotez hubiera molestado a Lauren. Parecía que ella era completamente inmune, pero que su gemelo lo mencione me hace temer haberla lastimado.

Lauren aparece detrás de Lincoln. Ella apenas renguea, sólo camina un poco alegre y, lejos de parecer enferma, su piel, su rostro, su apariencia parecen realmente brillar.

—Eh, él todavía es un pendejo, pero puedo con él. —Ella pasa justo entre su hermano y yo; de algún modo logra llegar a la puerta con su tobillo lastimado.

No puedo evitar que una leve sonrisa se expanda por mi rostro.

—Con eso puede, —murmuro, girando mis llaves alrededor de mi dedo mientras la sigo; mis ojos siguen pegados a su jugoso trasero que luce espectacular con su par de pantalones cortos negros que se amoldan a sus curvas.

Escucho que Lincoln emite un sonido de desaprobación mientras cierra la puerta, pero no me importa. Vuelvo a estar compartiendo el mismo aire que Lauren, el lugar exacto en el que mi lobo moría por estar.

Corro para llegar primero a la puerta del pasajero y la abro como un caballero; luego la tomo por la cintura para levantarla.

—Agrandado, —me dice.

Destino, se siente tan receptiva ahora mismo. Hay algo distinto en ella. Si es posible, parece más ardiente que antes. Sus tetas se hinchan debajo de un top corto y ajustado. Sus piernas esbeltas parecen más bronceadas que antes y su estómago plano también parece muy besables.

Cierro la puerta y doy la vuelta a mi lado para subirme.

—¿Cómo puedo entretenerte? —le pregunto cuando enciendo el coche.

La risa de Lauren es ronca. Realmente sensual.

—¿Cuáles son mis opciones?

—¿Tirarnos de un acantilado? ¿Una montaña rusa?

¿Carreras de resistencia? No, olvida eso, no te pondré en un verdadero peligro otra vez.

Su sonrisa es suave y acogedora. Completamente embriagadora.

—Estaba pensando en algo más como ir a la cabaña en el bosque. Sin la cascabel con la que me crucé de camino la última vez.

La cabaña. Mi lobo levanta los puños en el aire. Tenía razón acerca de que tiene una energía receptiva. No sé qué cambió, si fue el rescatarla cuando tenía miedo o probar que me importaba al quedarme después cerca del hospital, pero me está enviando una energía ahora que es innegable.

Mis sienes laten con un espasmo muscular detrás de mis ojos. Pestañeo rápido y contengo la respiración para evitar inhalar su aroma hasta que pasa.

—Entonces la cabaña en el bosque. —Salgo y conduzco la distancia corta por el camino que lleva a la cabaña.

—Ah, entonces *aquí* es donde está el camino, —dice Lauren—. No podía encontrarlo, así que estacioné e intenté caminar hasta allí.

Resoplo.

—Ojalá me hubieras llamado, Perla.

Ella también se queja, triste.

—Yo también.

Estaciono en la cabaña y apago el motor.

—Dime que podré atarte otra vez.

Ella abre la puerta.

—¡Atrápame si puedes! —Salta de la Rover y corre hacia el bosque; verla renguear mientras corre la hace adorable.

Mi verga, ya larga en mis pantalones sólo de estar cerca de ella, se pone dura. Corro detrás de ella, la atrapo antes de que llegue al bosque y la giro. La pongo sobre mi hombro para correr hacia la cabaña, donde abro la puerta principal y entro.

Lauren me muerde la espalda y me aprieta el trasero. Está más salvaje que una loba esta noche.

Es tan ardiente.

La apoyo gentilmente en el sofá. A pesar de nuestro juego, sigo preocupado por pensar en su experiencia cercana a la muerte con la cascabel. Si esta noche le causo siquiera un poco de dolor adicional, me patearé mis propias bolas.

Ni bien la bajo, ella toma mi camiseta y me lleva a su lado en el sofá con más fuerza de la que le doy crédito. Supongo que las mujeres humanas no son totalmente débiles.

Ella se sube encima mío; me arranca la camiseta por encima de la cabeza.

—Oh, bueno, —me río—. Entonces así es cómo jugaremos a esto.

Ella me muerde el hombro y mueve las caderas por encima de mi verga dolorosa.

—¿Quieres que esta vez te ate, Perla?

Ella me desabrocha los pantalones cortos.

—Ahhuh, —me quejo cuando saca mi erección con mano firme.

—Sólo quiero estar arriba esta noche. —Ella se baja del sofá y se arrodilla. Cuando toma mi verga entre sus labios hinchados, succiona la punta, y se me escapa otro gemido. A este ritmo, no duraré mucho más que un minuto.

—Supongo que esa cascabel fue la mejor experiencia cercana a la muerte hasta el momento. Estás más que viva ahora mismo, bebé. Estás prendida fuego.

Ella toma más de mi verga en su boca y yo tiemblo de placer.

—Sí me siento viva, —dice, sacando la boca y acariciando con su puño hacia arriba y abajo de mi erección ya enorme.

Ella toma mi verga de nuevo en su boca, mueve la cabeza hacia arriba y abajo, enloqueciéndome. Sale y se desabrocha los pantalones cortos, levantándose.

—Me siento tan viva. Y estoy realmente excitada ahora mismo.

Casi llevo al orgasmo justo ahí. No hay nada más ardiente que una hermosa y gloriosa Lauren Sterling excitada. El aroma de su excitación me droga. Me estiro para quitarle los pantalones cortos y las bragas mientras ella se saca sus ojotas caras.

—Ven aquí, bebé, —tomo sus manos y la traigo hacia mí.

Ella empieza a subirse encima de mi cintura, pero levanto sus manos hasta que está parada sobre mis muslos y luego levanto una de sus rodillas y la paso sobre mi hombro para poder poner mi boca entre sus piernas.

—Oh, Abe. —Ella toma la parte de atrás de mi cabeza y acomoda su vagina para que tenga más acceso a ella. Separo la fruta dulce con mi lengua; la muevo alrededor de su clítoris. Ella sabe delicioso. Diferente que antes. Más dulce. Más potente. Absolutamente perfecta.

La necesidad de marcarla viene tan rápido que casi entierro mis caninos alargados en su muslo. Me muevo hacia atrás, ahora cegado por el defecto de mi cuerpo.

Para cubrirlo, la levanto por la cintura y la acuesto boca arriba en el sofá.

—Abe. —Me hace acostarme sobre ella, pero luego detiene mi descenso con una mano presionada sobre mi pecho—. Oh. Estás teniendo un episodio, ¿verdad?

—Sí. —Es un alivio poder admitírselo. No tener que

esconderlo como con todos los demás en mi vida, incluidos mis padres.

—¿Qué necesitas?

Niego con la cabeza e intento sacudirme el dolor.

—No, estoy bien, —es parcialmente verdad. Puedo ver por la periferia de mi visión.

Lauren me aleja.

—Entonces déjame trabajar a mí. —Cambiamos de lugar y ella se sube a mi cintura, toma mi verga para frotarla por sus flujos resbaladizos.

—Oh, Destino. —El dolor se apodera de mis sienes, pero sólo porque es tan bueno. Sólo porque mi lobo está enloquecido porque todavía no la he marcado—. Lauren, me vuelves loco. —Tomo sus caderas y la levanto para alinear con su entrada con la cabeza de mi verga. La atravieso.

Ella se acomoda sobre mis caderas con la versión femenina de un gruñido, moviéndose hacia adelante y atrás para ir más profundo.

Tan ardiente. Esta chica está volándome la cabeza ahora mismo.

Empujo contra ella, pero presiona mis hombros hacia abajo.

—Yo mando, jugador.

Me obligo a quedarme quieto por ella, y me cabalga, encontrando su propio ritmo. Ella se pone en una posición que la debe satisfacer porque se queda allí, moviéndose más fuerte y con más intensidad. Mi visión se aclara lo suficiente como para ver que su rostro se tensa en la forma más linda de concentración.

Ni bien se viene, me quedo totalmente ciego. Me descargo y mis caderas se mueven mientras tomo su cintura y la mantengo hacia abajo sobre mí.

Sus músculos internos aprietan mi verga y le sacan la leche.

No estoy seguro de si me desmayo o si sólo me dejo llevar por el orgasmo, pero lo próximo que sé es que las manos de Lauren están cubriendo mis ojos.

Sostengo sus muñecas para mantener sus dedos en el lugar. Su caricia ligera me relaja, como si pudiera calmar la actividad y los espasmos debajo de mis párpados. Ella no me pregunta si estoy bien. No me dice que haga algo como respirar o relajarme. Sólo está aquí conmigo, sabe exactamente lo que sucede y lo acepta.

Después de unos momentos, el dolor cesa. Alejo sus dedos gentilmente y abro los ojos. Gracias al cielo, puedo verla. Está rodeada por un halo de luz, como la mismísima diosa de la luna.

Ella sonríe lento cuando se da cuenta de que puedo ver de nuevo.

—Regresaste, —dice suavemente.

—Sí.

La traigo a mi pecho; la necesidad de marcarla pasa y es reemplazada por una urgencia mucho más tierna de sólo abrazarla.

—Es extraño, —digo contra su cabello—. He vivido en Wolf Ridge toda mi vida. Crecí con mis mejores amigos, J. J., Markley, Asher y Sebs. Y tú eres una extraña aquí; una humana a la que conocí hace menos de dos meses. Pero por alguna razón, se siente como si me conocieras más que nadie.

Lauren se aleja de mí para mirar mi rostro. Pasa las puntas de sus dedos ligeramente sobre mis orejas, lo que le provoca placer a mi sistema.

—Yo igual, —susurra.

Capítulo veinte

Lauren

Camino por los pasillos de Wolf Ridge con una sensación extraña de poder que me recorre.

Todavía no le he dicho a nadie acerca de beber ese té de arbustos de oso, pero estoy bastante segura de que es la razón por la que me siento tan increíble. Me desperté esta mañana con más energía que nunca. Mi tobillo sigue negro con marcas del veneno subiendo por mi pierna, y todavía está algo hinchado, pero no duele para nada.

Mi reflejo en el espejo muestra a una mujer vibrante con bienestar y vida. Estoy brillando. Tan lejano de la chica adormecida que era hace apenas un par de semanas cuando apenas vivía y era incapaz de llorar.

Cuando no me importaba hacer amigos en la secundaria Wolf Ridge; ahora miro a mi alrededor con un aire de superioridad benevolente. De pronto veo que puedo tener a cualquier amigo que quiera con un esfuerzo mínimo. Me doy cuenta de que siempre ha sido así, pero no me había esforzado antes.

No creía que alguien aquí valiera la pena, pero era

porque no me estaba dando *a mí misma* nada de energía. Había bloqueado el flujo de mi propia energía vital.

Cuando entro a Química, la mirada de Abe se posa en mí y luego la aleja rápido. Mantiene la cabeza baja durante la clase y toma notas; posiblemente sea la primera vez en su vida.

Anoche me sentí tan conectada a él, pero hoy volvió a fingir que no soy nada. La herida ni siquiera me habría tocado antes. Pero eso era cuando no me importaba. Cuando no sentía nada.

Ahora me marca. Mi magnífico humor se desploma.

Abe me envía un mensaje al final de la clase. **Luces tan bien que te comería.**

No contesto.

Me llega otro mensaje: **Tengo un partido esta noche, pero quiero verte.**

Lo ignoro. Estoy cansada de ser su secretito sucio. No tengo nadas de no ser suficiente para él por no ser una loba.

De algún modo, siento los nervios de Abe porque no le respondo. No lo miro, pero cuando me levanto para irme al final de la clase, siento su mirada quemándome la espalda.

—¿Qué sucede, princesa de hielo? —me grita uno de sus secuaces, Asher creo, cuando pasa a mi lado. Él se ríe y le ofrece el puño a Abe para chocarlo, lo que significa que debe estar justo detrás de mí.

Me detengo y le presto toda mi atención.

—¿Qué sucede contigo, perdedor? —Le digo con voz alegre.

Asher también se detiene.

Abe me choca desde atrás. Su mano encuentra mi cadera. La saco.

Ahora estamos bloqueando el tráfico del pasillo lleno de estudiantes.

—Uh, ¿eres demasiado buena para todos nosotros, verdad, niña rica?

—Basta, —gruñe Abe.

Asher lo mira sorprendido.

Siento que Abe a un paso atrás, se aleja de mí. Volteo a verlo y noto que sus fosas nasales se agrandan y sus ojos se volvieron azules helados. Luce desequilibrado. No estoy segura de que pueda ver algo ahora mismo. Está teniendo uno de sus episodios.

—Amigo... tú estás, em —Asher se toca la sien.

Abe cae al suelo en una pila muerta. Su cabeza choca contra el linóleo duro con un ruido enfermizo.

—Ay mierda. —Me arrodillo a su lado.

El cuerpo de Abe convulsiona. No sé si fue su forma de fingir lo que me hizo creer que realmente podía con lo que le estaba ocurriendo antes, pero me doy cuenta de que era toda una fanfarronería. Abe tiene un problema médico serio que ha estado ocultando por miedo de parecer débil. El terror ahora atraviesa mi corazón.

—¡Está teniendo una convulsión! —Grito—. Busquen a un profesor. —Sostengo su cabeza para evitar que se choque contra el piso. Las piernas de Abe se sacuden y su cuerpo se afloja.

Oh Dios.

La multitud se reúne a nuestro alrededor; los chicos empujan para ver, todos observan.

—Aléjense, —muevo un brazo. Tengo el estómago en la garganta—. ¡Que alguien busque ayuda! —Las lágrimas arden en mis ojos.

Abe inhala profundo con un gran *wush*, luego se sienta, jadeando. Pestañea y sus ojos vuelven a ser gris oscuro. Mira a su alrededor a todos los que lo observan.

—Mierda. —En un segundo está de pie y yo sigo arrodillada en el piso.

—Amigo, —dice Asher con los ojos bien abiertos—. ¿Qué te acaba de pasar?

—Abe, tienes que dejar de fingir que estás bien cuando no lo estás, —Me pongo de pie—. Tienes que buscar ayuda; esto es peligroso. ¿Y si eso pasara cuando estás conduciendo o algo?

Abe se frota el rostro con una mano y asimila la multitud que nos rodea. Debería haberlo esperado, pero me golpea como una cachetada cuando su rostro se contorsiona en una expresión de desdén muy familiar.

—No finjas conocerme, princesa. —Él hace un gesto de echarme—. Vuelve a tu mansión. No tienes idea de lo que realmente sucede.

¿Qué es lo que sucede realmente?

¿Esa es su forma de fingir que no sé que es un lobo?

¿Saben qué? No me importa. Abe podría encontrar un millón de otras formas de protegerme. Sólo está siendo un idiota, como siempre lo ha sido.

Por qué pensé que de hecho podría importarme alguien tan defectuoso como él, no lo sé.

—Sí, sigue cubriéndolo con mentiras. Eres bueno en eso.

Abe ya se está alejando de mí y redirige a la multitud lejos de la escena que estaba intentando evitar desesperadamente. Ni siquiera me queda la dignidad de que él espere mi respuesta.

Veo su espalda alejándose, esos hombros anchos que lucen como si le pertenecieran a un hombre, no a un estudiante de secundaria. Mi atracción hacia él me provoca dolor.

—Tienes tanto miedo de que todos piensen que eres débil, Abe, —le digo a su espalda.

Él no voltea pero otros se detienen a escucharme. Quieren saber qué me atrevo a decirle a su rey.

—Bueno, *eres* débil. Tienes tanto miedo de mostrar quién eres en realidad a los que te rodean y eso te hace el mayor cobarde de esta escuela.

Él da la vuelta sin siquiera mirar hacia atrás.

Pestañeo rápido y lucho contra las lágrimas calientes que amenazan con salir de mis ojos.

Rayne aparece a mi lado y su expresión es de asombro y preocupación.

—¿Estás bien? —murmura, tomando mi brazo y lleván-dome en la dirección opuesta a Abe.

—No. —Contengo las emociones que surgen e intentan ahogarme—. Pero lo estaré. —Acomodo mis hombros y sostengo la cabeza en alto mientras salgo de la escuela.

No necesito a Abe Oakley.

Ahora me tengo a mí misma.

Él y sus amigos alfa-diotas pueden irse a la mierda.

Oficialmente, me cansé.

* * *

Abe

Me quito a la multitud de encima yendo al vestuario, aunque hoy no tengo práctica por el juego de esta noche.

Acabo de arruinarlo todo. En serio.

Me lleva unos minutos darme cuenta de la razón por la que me late fuerte el corazón, y estoy frío de miedo. No es porque toda la escuela me acabe de ver tener algún tipo de convulsión. No es porque una humana acabe de llamarme cobarde frente a todos.

Es porque lastimé a Lauren.

Ni bien saco la cabeza de mi trasero, corro hacia las puertas para salir al estacionamiento.

—¡Lauren! —La veo meterse en el lado del acompañante del Tesla.

Ella arroja su cabello cobrizo hacia atrás y cierra con fuerza.

Dejo caer mi mochila y corro hacia el coche. Necesito arreglar esto antes de que sea demasiado tarde.

Pero la bilis en mi garganta me dice que el barco se ha ido.

El Tesla sale del estacionamiento. Corro hacia él y lo alcanzo justo cuando llegan a la puerta.

—¡Lauren! —Golpeo la parte de atrás del coche con la mano como si tocarlo fuera a hacer que frenaran de alguna manera.

Lincoln y Lauren me ignoran por completo. Lincoln aprieta el acelerador y el Tesla sale disparado por las puertas, pasando entre el tráfico y dejándome parado en la esquina, jadeando.

Mierda.

Saco el teléfono del bolsillo, pero no puedo escribirle porque no veo nada, maldición. El dolor me apuñala la cabeza. La luz del sol me lastima los ojos.

Mi lobo está aullando en mi interior. Aúlla porque la dejé escapar. Por dañar lo que teníamos.

Soy el mayor idiota del campus.

Honestamente no es algo que me enorgullezca. Lo considero una actuación, algo distinto de mi verdadero yo, pero hoy se siente genuino.

—Amigo, ¿qué sucedió? —Asher aparece a mi lado.

Me doblo por el dolor. No puedo tener otra convulsión. Necesito alcanzar a Lauren y solucionar esto.

—Mierda. ¿Debería llamar a tu papá?

—No, —jadeo y me vuelvo a enderezar. Incluso con los párpados cerrados, el sol fuerte de Arizona me quema mis ojos sensibles—. ¿Puedes conducir?

—Sí. ¿Estás seguro?

Por primera vez en la vida, resisto la urgencia de descargarme con él para tapar mi debilidad. Lauren tenía razón. No es fuerza, es cobardía.

—No puedo ver, —admito—. Mis ojos de lobo son defectuosos. —Abro un poco los párpados, pero mis ojos tienen un espasmo y no logro ver nada.

—Mierda. Me doy cuenta. Vamos. Sólo quédate junto a mí. —Asher es lo suficientemente inteligente para saber que no querría que nadie más viera, aunque es probable que sea demasiado tarde para eso—. ¿Qué hay del juego de esta noche? Habrá reclutadores de tres universidades diferentes.

La pesadez desciende sobre mí.

—No lo sé. Es probable que esté jodido.

No importa. Lo único que me importa es Lauren.

Encuentro el camino en la oscuridad usando mi escucha y mi sentido del olfato de transformista para mantenerme justo al lado de Asher. Él me guía a mi Range Rover.

Asher no tiene su propio coche; sus padres tenían un estatus bajo en la manada incluso antes de que echaran a su papá, pero tiene licencia.

Le paso las llaves y me subo del lado del acompañante.

—¿Quieres que te lleve a casa?

—No. Llévame a la Colina Moongaze.

Un dolor que quema se apodera de mis sienes. La nausea me golpea al mismo tiempo. Me recuesto bajo en el asiento e intento recuperarme.

—Amigo, creo que deberíamos llevarte a casa. No te ves muy bien.

—Estoy bien, sólo conduce, idiota.

Asher enciende la Rover y sale disparado. Mientras conducimos, cuento mis respiraciones calmadas e intento controlar mi sistema nervioso. Mi visión empieza a volver: primero la periférica y luego, finalmente, la completa. Me recuesto contra el asiento, aliviado. La agitación en mi estómago se calma.

No sé qué le diré a Lauren. Las palabras no serán adecuadas. Tendré que compensárselo de alguna otra forma. Quizás eso sea lo que tenga que decirle. Le probaré a toda la escuela que ella es mía.

A mi lobo le gusta esa idea. Pero hay una sensación molesta de intranquilidad que me dice que algo no está bien con mi plan. O que quizá simplemente no vaya a funcionar.

Asher gira el coche en el camino que lleva a la Colina Moongaze y mi ojo derecho empieza a temblar. Mientras conducimos, el temblor crece. El dolor empieza en los nervios detrás de mis ojos y viaja hasta la base de mi cráneo y por mi columna.

Estoy jadeando tan fuerte que Asher lo nota.

—¿Abe?

Me retuerzo en mi asiento y muevo las piernas. Estoy intentando controlar esta completa y total falla de mi cuerpo.

Pero sólo empeora. Lucho contra la sensación de estar fuera de control, de mi cuerpo tomando el control y dejándome afuera. Bajo la ventana aunque hace más calor afuera. Asomo la cabeza por la puerta y respiro profundo.

Puedo hacerlo. Puedo hacerlo. Casi llegamos a la mansión Sterling. Sólo necesito llegar y hablar con Lauren. Sólo necesito solucionar esto.

Mi cuerpo empieza a convulsionar. Puedo sentir mis ojos poniéndose en blanco, pero no hay nada que pueda hacer para detenerlo.

Pierdo el control por completo; mi cerebro, totalmente separado del cuerpo que habito. No puedo hablar.

El destino me ha jodido realmente esta vez. No puedo evitar pensar que este es mi castigo por ser cruel con la única mujer que me ha amado.

* * *

Lauren

—¿Qué pasó? —Lincoln espera hasta que llegamos a casa para preguntar.

Hace una semana, me hubiera encogido de hombros y hubiera esquivado la pregunta. Pero todo se siente diferente. Me han despertado. Estoy viva. Puede que no tenga mamá, pero sí tengo un papá y un hermano que me aman.

—¿Quieres caminar? —Le pregunto.

—Claro. —Él mira hacia abajo a mi tobillo hinchado—. ¿Tu pie está bien?

—Está bien.

Lo está. Luce incluso mejor que esta mañana, hasta después de haber caminado todo el día. El té de arbustos de oso realmente es milagroso.

Me pongo mis zapatillas y llevo a Lincoln a caminar hacia el acantilado. Pensarían que me daría miedo estar en el mismo camino en el que me mordió una serpiente la última vez, pero no. Hoy me siento invencible.

Cuando llegamos al acantilado, digo,

—Vine aquí por el aniversario de la muerte de mamá para leer su carta.

Lincoln camina hasta el borde del acantilado conmigo y mira hacia abajo hacia el desierto.

—Yo también releí la carta que me escribió ese día.

Miro rápido a Lincoln. No veo dolor en su rostro.

Siempre pareció tan firme ante la muerte de nuestra mamá. Es extraño como podemos ser gemelos pasando por lo mismo con formas tan diferentes de lidiar con esto.

—Abe me vio aquí y pensó que iba a saltar del acantilado o algo así. Me sorprendió y entonces casi me caigo, pero me agarró a tiempo.

Lincoln no dice nada. Siempre ha sido excelente escuchando.

—La carta se cayó por el borde, pero él bajó y la encontró por mí. Y luego pasamos el rato en la cabaña de su familia, que está camino hacia allá. —Omito la parte de que es un lobo obviamente. No porque se lo haya prometido a Abe. Considero que él perdió mi lealtad por su secreto cuando actuó como un pendejo. Pero no quiero que Lincoln esté en peligro que un vampiro le borre la mente.

—Entonces ustedes dos se acercaron, —nota.

—Sí, supongo. Terminé contándole lo de mamá y realmente lloré por primera vez desde que murió.

Lincoln asiente.

—Eso es bueno.

—Sí.

—Y entonces estuvimos en el Baile de bienvenida, como probablemente asumiste, y nos encontramos en la cabaña un par de veces. Pero resulta que la razón por la que es un idiota es que tiene una condición médica que ha intentado esconder de todos porque no quiere parecer débil.

Lincoln voltea a verme con sorpresa.

—Guau.

—Lo sé. Entonces hoy estaba teniendo una convulsión en el pasillo y cuando intenté ayudarlo, me trató como la mierda. Supongo que tenía vergüenza.

—Qué idiota. Es totalmente un niño.

—Lo sé. Estoy totalmente harta de él.

Excepto que cuando lo digo, no se siente real.

No se siente que haya terminado con Abe Oakley. Y contarle la historia de hecho me hace sentir más compasión por su dolor. No es que la forma en la que me trató hoy estuviera bien.

Me doy cuenta de que tengo miedo de no poder llorar por Abe, igual que como no pude llorar por mi mamá. Pero no es porque esté rota. No. Estoy adormecida y encerrada en una celda que construí yo misma. No es porque me haya vuelvo a apagar. Es porque me siento fuerte. Y tengo esta sensación persistente de que Abe me pertenece.

Por eso desencadeno sus episodios. Nosotros dos estamos inexorablemente unidos. Nuestros destinos están entrelazados. Estamos hechos el uno para el otro, de alguna forma. Igual que como se suponía que me mordiera esa serpiente, se suponía que bebiera el té que me trajo el viejo oso.

No estoy segura de por qué estoy tan segura de todo esto, pero así es. Parece que tengo algún tipo de nueva conexión con el mundo que me rodea. Igual que como me sentí más conectada con los chicos del colegio. Me siento más conectada con la naturaleza que nos rodea ahora mismo. Con esta tierra que le parecía tan majestuosa a mi mamá. Y mi conexión con Abe es mil veces más fuerte que mi conexión con cualquier otra cosa.

—De hecho, parece que estás bien, —dice Lincoln—. Mejor que lo que has estado desde que se enfermó mamá.

Sonrío.

—Lo sé. Me siento más como mí misma que nunca antes. Y sí tengo que agradecerle a Abe por eso porque se sintió como si me hubiera despertado del adormecimiento y la niebla en la que vivía.

Lincoln voltea a verme y estira los brazos.

—Ven aquí. ¿Quieres un abrazo?

—Sip. —Camino hacia el círculo de sus brazos.

—Estaremos bien, —dice Lincoln—. Todos nosotros. Tú, yo y papá. Ha sido un año difícil, pero ya estamos del otro lado.

Escucho el movimiento de una roca a varios metros y mi corazón bobo salta, pensando que será Abe. No lo es. Es el oso pardo gigante con pelaje gris en su hocico, pecho y muñecas.

Lincoln se tensa. Pongo mi mano sobre su antebrazo y rompo el abrazo de a poco.

—Está bien, —le digo—. Conozco al oso. —Levanto una mano y saludo—. Ey, oso.

El oso se pone en dos patas y hace un sonido melodioso.

Lincoln da un paso atrás y me lleva detrás de él de forma protectora. El oso se queda parado y huele el aire mientras nos mira.

Luego se aleja, levantando una gran para en el aire cuando voltea.

—¿Ese oso en serio nos acaba de saludar? —Lincoln está sorprendido.

Me río levemente.

—Sí, lo hizo.

—A mamá le hubiera encantado eso.

—Sí. Me siento como... si mamá lo hubiera enviado. Quizá sea su forma de cuidarnos.

Mi visión se nubla, pero son lágrimas felices. A pesar de mi ruptura épica con un tipo con el que ni siquiera se suponía que saliera, este día parece significativo. Mágico de algún modo.

Porque sé que lo que dijo Lincoln es verdad. Todos estaremos bien. Yo. Lincoln. Mi papá. Y Abe. Él es parte de la ecuación ahora. Me pertenece al igual que yo le pertenezco.

Pero no puedo hacer que entre en razón. Si me quiere de regreso, tendrá que luchar por nosotros.

Y yo también lucharé.

* * *

Abe

Me despierto en la clínica de mi papá.

—Mierda. —Me siento rápido y mi visión vuelve a negro de nuevo.

—Tranquilo. —Mi papá me empuja para que vuelva a acostarme.

Siento, en vez de ver, que su luz se mueve sobre mis ojos.

—¿Qué pasó?

—Dímelo tú, hijo. Asher dijo que tuviste una convulsión en la escuela y luego otra en tu coche mientras él conducía.

—Mierda.

—La boca.

—Me siento otra vez; esta vez bajo las piernas de la camilla.

—Ey. ¿Adónde vas? ¿Siquiera ves ahora mismo?

—¿Qué hora es? ¿Cuánto tiempo estuve inconsciente?

—Unos noventa minutos. Te di un sedante de corta duración para intentar relajar tu sistema nervioso.

Me froto los ojos y la luz empieza a entrar de nuevo a mi campo visual.

—No quería interferir con el juego de esta noche.

El juego de esta noche. Mierda.

—¿Qué hora es? —Me paro y pestañeo. Todavía me siento mareado. Necesito regresar a Lauren.

—Cinco en punto.

Cinco en punto. Es la hora en que se suponía que estuviéramos en el vestuario para el juego. Pero todavía no he hablado con Lauren. No he arreglado el desastre, si es que se puede solucionar.

—Llamé al entrenador para decirle que llegarías unos minutos tarde, pero que irías. Se enteró de tu convulsión en el colegio. Toda la ciudad a estas alturas. —El prejuicio de mi papá me golpea en el estómago, pero no lo demuestro.

Camino hacia la puerta.

—Espera. —Mi papá usa una Orden Alfa, así que mi cuerpo se congela—. Te llevaré. Todavía no quiero que estés atrás del volante.

Gruño con insatisfacción. ¿Cómo llegaré a Lauren sin mi coche?

—Podrías desmayarte detrás del volante y chocar a un humano. —Dice mi papá—. Dame las llaves.

Ah. Este día no podría empeorar. Le paso las llaves y salimos hacia la Rover.

Pero entonces empeora porque ni bien mi papá se pone detrás del volante, dice,

—¿Qué sucedió con el dinero de la caja fuerte?

Se me retuerce el estómago. Me empieza a temblar el ojo. Le respondo con mi típico modo evitativo.

—¿En serio? ¿Me harás un interrogatorio justo antes del partido que tanto te importa?

—*¿Qué pasó con el dinero?* —Mi papá está usando una forma de Orden Alfa. Su explosión me quema el cráneo.

El peligro hacia Lauren hace que mi lobo gruña y responda. Mi visión se oscurece en el centro. La luz que pasa por el parabrisas me hace doler la cabeza.

Mantente cerca de la verdad. Es la única solución.

—Lauren me vio transformarme. —Me cubro los ojos e intento no mostrar todo el dolor que siento—. Llamé a

Austin y me dijo lo de la caja fuerte y me dio el contacto de un vampiro. La llevé allí y se encargó de eso.

Cerca de la verdad. Me encargué de dispararle a Thomas cuando intentó chuparle la sangre a Lauren en vez de borrarle la mente.

—¿Cuál vampiro?

—Su nombre era Thomas. —Un escalofrío me recorre cuando recuerdo a Thomas chupándole la sangre a Lauren.

—Thomas. No es de confianza para los nuestros. Eso fue peligroso, Abe. Encargarte tú solo no es cómo hacemos las cosas en esta manada.

—Lo sé, papá. Lo sé. Pero me dijeron que no me acerque a Lauren. Pensé que sería mejor encargarme yo mismo. Y lo hice.

—¿Lo hiciste? ¿Escucho duda en la voz de mi papá?

—Lo hice. —Intento decirlo con firmeza, pero sale como una orden alfa, y eso hace que el cuerpo de mi papá se vaya hacia el asiento.

Ups.

Mi papá frunce el ceño cuando estaciona frente a la escuela. Abro la puerta y me bajo. Me está empezando a sangrar la nariz y mi cabeza me está matando, apenas puedo ver.

Cierro la puerta sin esperar los consejos de mi papá para el partido. Para ser sincero no podría importarme menos este juego.

No soy nada sin Lauren. Eso ya quedó demasiado claro.

He negado lo que supe desde el primer día; ella es mi pareja. Los episodios con mi visión empeoran porque mi lobo está desesperado por marcarla.

Mi única esperanza es que Lauren venga al partido esta noche y de alguna forma pueda solucionar las cosas.

* * *

Lauren

Lincoln decidió ir al partido con Rayne. Su hermanastro se fue para volver a jugar en Duke esta semana y supongo que quería compañía.

Después de mucho debate interno, decido ir con él. La pequeña parte herida de mí espera que mi aroma le cause a Abe otro episodio mientras está en la cancha. Pero no. En realidad no quiero eso. Pero sí quiero que sienta mi presencia. Sí quiero que se dé cuenta de lo que ha perdido. No creo que sea cuestión de orgullo o ego. Esta nueva yo más fuerte no cree que las cosas deberían terminar. La nueva yo cree que somos algo para el otro.

Lincoln y yo salimos del coche y caminamos hacia el estadio. Cuando nos acercamos a la seguridad para que revisen nuestros bolsos y para mostrar nuestros pases de temporada, un ayudante de alguacil me pregunta si puede hablar conmigo.

Lincoln me mira mientras el oficial me lleva a un costado. Espero que revise mi bolso o algo así. Como en el aeropuerto cuando te llaman aleatoriamente para una revisión completa. Pero en vez de eso le hace una seña a otro oficial, quien se acerca con un hombre que parece algo familiar.

—Hola, Srta. Sterling. Soy el alguacil Gleason. Tenemos algunas preguntas para usted. ¿Puede venir conmigo, por favor?

Lincoln se acerca.

—¿De qué se trata esto?

El alguacil voltea hacia él.

—Es una investigación abierta. Tu hermana no está en problemas, sólo necesitamos llevarla a la estación y preguntarle un par de cosas. La tendremos de regreso antes del final del partido.

Mis ojos se abren grande. ¿Qué carajos?

Luego, una ola de miedo me recorre.

—¿Esto se trata de Abe? —Me doy cuenta de por qué el hombre que no lleva uniforme me resulta familiar. Tiene los ojos gris oscuro y una mandíbula cuadrada como Abe—. ¿Está bien?

El alguacil toma mi codo con gentileza y empieza a alejarme del estadio.

—Eso esperamos. Pero necesitamos tu ayuda.

Saludo a Lincoln para que se aleje.

—Está bien. Ya regreso.

Él frunce el ceño, pero no nos sigue.

El alguacil me lleva a un patrullero y me pone en el asiento de atrás. El papá de Abe, al menos asumo que es su papá, entra en el lado del acompañante.

—¿Le pasó algo a Abe? ¿Tuvo otro episodio?

Su papá voltea la cabeza.

—¿Qué sabes acerca de sus episodios?

Este es el tipo que hizo que Abe escondiera su aflicción en vez de ayudarlo. Lo hizo sentir vergüenza de ello. Creó un estrés increíble que probablemente sólo haya agravado sus episodios.

Levanto el mentón y lo miro.

—Lo sé todo.

—No es lo que debería decir.

El papá de Abe y el alguacil se miran y de pronto me doy cuenta de lo que está sucediendo aquí. Un escalofrío me recorre. Busco la manija de la puerta, aunque el coche está en movimiento. Está trabada.

Oh mierda. Descubrieron que sé lo de los lobos. ¿Abe les contó?

¿No me haría eso, verdad? ¿No me enviaría de nuevo con el vampiro para que me borren la mente?

Pero hemos terminado. Quizás así es como limpia el desastre.

Pruebo el picaporte de nuevo, frenéticamente esta vez.

—Quiero salir. No iré a ninguna parte con ustedes. ¡Déjenme ir!

Los hombres en el frente se vuelven a mirar.

—Puedo darle un sedante, —murmura el papá de Abe al alguacil.

—Está bien. Ya casi llegamos, —responde con un tono de voz igual de bajo. Luego levanta el volumen cuando me habla a mí—. Está bien, Lauren. Nadie te lastimará. Sólo necesitamos hacerte algunas preguntas en la estación.

Me obligo a calmarme y finjo seguirles la corriente mientras pongo la mano lentamente en mi bolso. Necesito escribirle a Lincoln.

El coche se detiene. No estoy segura de si debería estar sorprendida de que en serio me llevaran a la estación o no. Saco el teléfono y mis dedos tiemblan mientras intento escribirle rápido un mensaje a Lincoln.

La puerta trasera se abre de golpe y el alguacil me quita el teléfono de la mano.

—¡Devuélvemelo! —Me lanzo hacia el teléfono, pero el alguacil me sostiene y me empuja contra el frente del coche, poniéndome unas esposas en las muñecas.

—Esto es por tu propia protección, Lauren. Ahora ven conmigo.

Intento sentarme en el suelo. He escuchado que hay protestantes que hacen que sus cuerpos sean pesados. No tiene ningún efecto. Estos hombres son transformistas. Levantan uno de mis brazos y me llevan entre los dos como si fuera un bebé que se balancea entre sus dos padres.

Alguien nos abre la puerta: un hombre de traje. ¿Un humano?

—Disculpa.

Volteo para mirarlo y, ni bien me mira a los ojos, todo mi cuerpo se afloja.

Demasiado tarde.

El vampiro está aquí.

Este es el último momento en el que sabré acerca de los hombres lobo o los osos transformistas... o acerca de Abe.

Los dos hombres arrastran mi cuerpo inerte adentro. Las lágrimas arden en mis ojos.

No conocer a Abe, no recordar lo que tuvimos es un destino mucho peor que el adormecimiento que me tragó cuando me mudé a Wolf Ridge.

Abe me devolvió a la vida. Me hizo sentir hermosa y fuerte. Me mostró un mundo en el que quiero vivir.

Y ahora están a punto de quitármelo.

* * *

Abe

Juego lo mejor que puedo durante el primer cuarto del partido, a pesar de mi nariz sangrante, mi fuerte dolor de cabeza, y el temblor en un ojo.

Lo que me hace seguir es creer que Lauren podría estar aquí en alguna parte. Pensé que había sentido su olor en la brisa aunque no logro verla en ninguna parte de las gradas. Pero veo a Lincoln. Él se para cuando me ve mirando y baja las escaleras hacia la cerca.

El alivio me recorre. Tiene un mensaje para mí. Algunas palabras de Lauren. Troto hacia la cerca para verlo.

Hay algo agresivo en él que no sentí antes. Este chico es

delgado; es probable que pese la mitad que yo, así que le doy crédito por desafiarme.

—¿Quieres contarme por qué el alguacil y tu papá se acaban de llevar a mi hermana a la estación para interrogarla?

La sorpresa me recorre. Siento que el color abandona mi rostro y estoy corriendo antes de recordar que no le respondí a Lincoln.

Me quito el casco y lo arrojo al césped.

—¡Oakley! —escucho que grita el entrenador Jamison después de que salgo corriendo del estadio—. ¡Regresa aquí ahora mismo! —Él usa una orden alfa, pero no tiene ningún efecto en mí.

Mi lobo está a cargo y está listo para matar.

Cuando salgo del estacionamiento, recuerdo que no tengo coche. Mi papá me dejó aquí. Eso probablemente fue intencional. Empiezo a correr lo más rápido que puedo en forma humana.

El Tesla de Lauren y Lincoln estaciona a mi lado.

—Entra, —dice Lincoln por la ventana abierta.

Abro la puerta después de descifrar la manija extraña y tiro mi cuerpo adentro; mis hombreras lo hacen difícil.

Lincoln arranca de inmediato y, maldición, este coche puede ir rápido. Vamos de cero a noventa en probablemente tres segundos.

—¿Qué pasó? —me pregunta.

Niego con la cabeza.

—Es un malentendido. Lo solucionaré ahora mismo.

—Un malentendido. —La voz de Lincoln tiene un dejo mortal en ella. De nuevo, felicitaciones a este tipo por no tenerme miedo.

—Lo solucionaré. Arruiné todo con Lauren hoy, pero también solucionaré eso. —Volteo para mirar a Lincoln, cuya expresión normalmente relajada está sombría—. Realmente me importa tu hermana. No quise arruinarlo con ella. Tenía la cabeza tan metida en el trasero que por un momento no pude ver.

Lincoln asiente. Gira en la esquina y conduce hasta la entrada de la comisaría.

Abro la puerta.

—Espérame. No entres. Eso empeorará las cosas. Saldré con Lauren en diez minutos o menos.

—¿Quieres decirme qué carajos está pasando? —Exige saber Lincoln.

Ya estoy fuera del coche.

—Nop. —Cierro la puerta de golpe y corro al interior.

La oficina del alguacil es pequeña. Ignoro a Betty Branson en el escritorio de recepción y sigo mi escucha de transformista hacia una sala de interrogación en la parte de atrás.

—¡Espera! —Escucho que ella se levanta desde atrás del escritorio—. No puedes entrar allí, Abe.

La ignoro y pruebo la puerta. Está cerrada. No espero ni llamo, tiro del picaporte con un pie contra la pared de concreto. La puerta de metal se dobla, luego cede, y la arranco de las bisagras.

Betty chilla.

Tiro la puerta detrás de mí. Dentro, Lauren está tirada sobre una puerta como si la hubieran golpeado; sus manos están esposadas detrás de su espalda.

—¡Aléjense de ella! —Empujo al asistente del alguacil contra una pared.

Gran error. La cabeza de Lauren se levanta al escuchar mi voz. El pendejo no muerto parado frente a ella se inclina hacia abajo para mirarla a los ojos.

—¡No! —Grito mientras golpeo su cabeza contra la mesa y le rompo la nariz. Y luego todo sucede de repente.

Mi papá y el alguacil me llevan hacia atrás. El vampiro se mueve rápido como un rayo. En un segundo está con el rostro hacia abajo en la mesa, luego está delante de mí, sus colmillos descendieron, sus ojos se oscurecieron con ganas de sangre.

—Tranquilo, tranquilo, tranquilo. Respira. —El alguacil usa una voz tranquila mientras él y mi papá me llevan hacia atrás, lejos del vampiro.

No es el mismo al que llevé a Lauren antes; es una sanguijuela a la que no he visto.

Mi visión empieza a temblar; mi cabeza está a punto de explotar por la presión y el dolor.

—*Suelta a mi pareja o destruiré a todos en esta habitación.* —Mi voz no es mía. Hay un gruñido de lobo en ella, como si ya estuviera transformado a medias.

—*Pareja.* —La sorpresa tiñe la voz de mi papá.

—Suéltala *ahora.* —Ya me cansé de advertirle. Golpeo a mi papá con la cabeza al mismo tiempo que pateo al alguacil en el estómago y me zafo de sus brazos.

Lauren está de pie, mirándome sorprendida. La traigo contra mi pecho y busco las esposas detrás de ella. Con un golpe seco, las rompo.

—Espera, Abe. —El alguacil todavía tiene ese tono relajado como si fuera una bestia salvaje a la que intentan contener.

Que supongo que lo soy.

—Respira. No lastimaremos a tu pareja. Ella está a salvo.

Envuelvo a Lauren fuerte con los brazos y beso la parte superior de su cabeza. Su aroma me calma. Ella está temblando, pero para mi alivio, sus brazos me envuelven y también me abraza.

—Alejen a esa sanguijuela de ella, —gruño, negándome a mirar en dirección al vampiro.

Él sisea como un gato enojado.

—Está bien. No le borraremos la mente. No sabíamos que era tu pareja, hijo, —dijo el alguacil.

Lucho por tragar la banda tensa que comprime mi garganta.

—Lo es, —digo ahogado—. Y no me importa lo que eso signifique para tus preciosos genes, —le digo a mi papá.

—Por eso has estado teniendo episodios. —Siempre el científico. No le importan las cuestiones del corazón. O del destino. Sólo la lógica detrás de mi condición.

—Ella es mi pareja, —repito—. Destruiré esta ciudad si alguien intenta meterse entre nosotros.

El corazón de Lauren late fuerte contra mi pecho. Ella se aleja de a poco de mí para mirarme. Sostengo su hermoso rostro.

—Lamento haberte lastimado hoy, —murmuro, aunque todos en esta habitación tienen una audición supernatural.

—Clyde, lamento los golpes. Creo que entiendes que un lobo hará lo que sea para defender a su pareja si cree que está en peligro. —El alguacil Gleason intenta calmar al vampiro ahora y se lo lleva de la sala de interrogaciones—. No sabíamos que era su pareja o no hubiéramos intentado borrarle la mente. De todos modos, te pagaremos tu tarifa, por supuesto. —Los hombres salen y me dejan a solas con Lauren.

—¿Qué te hicieron? —Digo ahogado mientras observo a mi chica para ver si tiene moretones.

Las lágrimas hacen que sus ojos azules verdosos brillen, pero ella no llora.

—Nada. No los dejé hacerme nada. —Su voz es fuerte —. O sea, él inmovilizó mis músculos momentáneamente, pero luché. Puse mi cabeza sobre la mesa para que no pudiera ver mis ojos y me negué a responder ninguna de sus preguntas.

Mi pecho, que ha estado comprimido desde que Lincoln me dijo que se habían llevado a Lauren, empieza a dejar que entre algo de aire.

—Esa es mi chica. Tan fuerte, maldición. —Tomo su nuca y masajeo la tensión.

Ella sacude ligeramente mi hombrera.

—¿Te perdiste el partido por mí?

—No me importa el partido. He estado intentando contactarte toda la tarde. Tuve otra convulsión después de la escuela de camino a tu casa, y luego no me desperté hasta después del partido porque mi papá me dio un tranquilizante. Lauren, fue un pendejo. Lo siento tanto por cómo actué hoy. Si me das otra oportunidad, le diré a toda la maldita escuela lo mucho que significas para mí y nunca jamás volveré a tratarte así.

Lauren toma mi cabeza y lleva mi boca a la suya. La beso fuerte al principio; mi lobo está frenético por aparear mi lengua con la suya, luego voy más lento y profundo.

Ella deja de besarme y me sonríe lento y confiada.

—Lo pensaré.

Capítulo veintiuno

L *auren*

—¡Lauren! —Lincoln aparece en el umbral de la puerta.

—¡No puedes estar aquí atrás! —Dice una voz femenina, la oficial en el escritorio, creo.

Volteo en los brazos de Abe.

—¿Qué pasó? —Lincoln mira la puerta rota con ojos bien abiertos.

—Em, es una larga historia.

—Sí, salgamos de aquí. —Abe toma mi mano y me apresura para salir por la puerta. Mientras caminamos rápido junto al vampiro, el alguacil y el papá de Abe para salir por la puerta, Abe explica,

—Lincoln me dijo que te habían llevado y por eso me fui del partido. Me trajo aquí.

—En serio, ¿qué sucedió? —Repite Lincoln. El Tesla está estacionado en frente y todos vamos directo hacia allí.

—Fue un malentendido, —dice Abe. Él mira hacia mí para que lo respalde—. Sólo... algo que pasó en la cabaña de nuestra familia y mi papá pensó que Lauren sabía algo al respecto.

Preciso.

—¿Porque lo llevaste a pensar eso? —Lo acusa Lincoln.

—No, —interrumpo—. Realmente fue un malentendido.

Nos subimos al Tesla; Abe me lleva al asiento de atrás con él y Lincoln es como nuestro chofer.

—Abe, ¿el partido todavía continúa? Regresemos allí.

—No. —Él me lleva justo a su lado y presiona su nariz contra mi cabello para inhalar profundo—. Necesito estar con mi chica ahora mismo.

—Abe, este es tu futuro. ¿No dijiste que vendrían reclutadores de talento? Lincoln, conduce de regreso al partido. ¡*Apúrate*!

Lincoln presiona el acelerador y el Tesla sale disparado. Le encanta la velocidad.

—Bueno. —Abe me lleva a su regazo; sus manos suben y bajan por mis muslos—. Pero eres mía después del partido. Si el entrenador no me mata cuando lleguemos.

Lincoln vuela por los caminos como si estuviéramos en una película de James Bond. Me sostengo de Abe, quien se sostiene de mí, y llegamos allí en menos de seis minutos.

—Te veo después del partido. Abe me besa con fuerza. —¿Te quedas, verdad?

Me río.

—Sí, me quedo.

—Porque no terminé de disculparme. —Él ya está corriendo hacia atrás—. Eres mi chica. —Me señala.

—Eso veremos, —digo, aunque estoy cien por ciento de acuerdo con Abe Oakley—. ¡Vete! ¡Ve a patear traseros allí afuera!

Él me sonríe mientras voltea y corre como un demonio hacia los vestuarios y sale al campo. Lincoln y yo seguimos por la entrada de los espectadores. Estamos a la mitad del último cuarto. Es difícil creerlo porque se siente como si hubiera pasado una eternidad desde que me llevaron de aquí.

Pero Abe vino por mí. *Sí* peleó por mí.

Por nosotros.

Le dijo a su papá que soy su pareja, lo que sea que eso signifique.

Lincoln va a sentarse con Rayne, pero no me molesto en buscar un asiento. Bajo las escaleras y me paro cerca de una pared que da al campo al costado.

Abe está cerca del entrenador y es claro que lo están retando. La cabeza del entrenador se asoma y ambos miran hacia nosotros.

Saludo.

El entrenador me mira fijo por un momento y luego levanta una mano.

Todos en el estadio, lo juro por Dios, voltean a mirarme.

Abe corre hacia el campo. Sus compañeros de equipo niegan con la cabeza, con las manos en las caderas, como si estuvieran enojados con él; está claro que el equipo de la secundaria Wolf Ridge funciona como un organismo. Un equipo sincronizado. Una manada. Con sólo nueve minutos en el reloj, hacen una jugada perfecta en la que Abe tira un pase de treinta y cinco metros. Asher lo atrapa y hace un touchdown.

Abe roba la pelota en la próxima jugada y se la pasa a J. J., quien vuelve a anotar. La secundaria Wolf Ridge anota cuatro puntos más, marea a sus opositores, y luce como un grupo de jugadores experimentados de la NFL en vez de adolescentes. Si realmente hay tres reclutadores en las gradas esta noche, estarán impresionados.

Ahora lo entiendo: el fútbol en Wolf Ridge es realmente

sólo un espectáculo. Nada es real porque estos jugadores son superhumanos. Esta vez necesitaban lucirse y lo hicieron.

Por primera vez desde que nos mudamos aquí, celebro su victoria.

Cuando termina el tiempo, los jugadores de Wolf Ridge se vuelven locos celebrando, se arrojan entre sí en el aire y hacen volteretas. Pero Abe viene corriendo directo hacia mí. Me señala con el dedo.

—Tú, —me grita— eres mía. —Señala su pecho con el dedo.

La mitad de los fanáticos de Wolf Ridge me miran de nuevo.

—¿Escucharon eso? —grita, quitándose el casco de la cabeza y haciéndolo girar—. Lauren Sterling es mía. ¡Hagan una reverencia ante su maldita reina!

—¿Un poco engreído? —Le grito.

Él se para debajo de mí y mira hacia arriba.

—Salta, mi reina.

Me río y paso una pierna por encima de la valla.

—¿Quieres que salte? —Me siento en la valla y miro hacia abajo. Él no está tan abajo como cuando salté del acantilado, pero igual son unos tres metros.

No me importa. Me siento invencible cuando estoy con Abe. Me empujo de la valla y me arrojo hacia adelante, gritando mientras caigo.

Él me atrapa fácilmente al estilo luna de miel, haciéndome girar.

—Necesito meter mi verga dentro de ti ahora mismo, princesa, —murmura contra mi oído.

—Podría sentirme mejor acerca de esa declaración si te hubieras duchado.

Abe me arroja un metro y medio en el aire y me vuelve a atrapar.

—¿Quieres ducharte conmigo?

—No con el equipo. —Abe se mofa—. Mataría a cada uno de esos malditos si te vieran desnuda.

Me río.

Abe me lleva hacia el estacionamiento sin detenerse a hablar con el equipo, a buscar su ropa o a ducharse.

—¿Adónde vamos?

Abe se detiene y me doy cuenta de que su papá ha estacionado la Range Rover de Abe en frente y está parado al lado.

—Jugaste, —dice su papá.

—Sí.

El papá de Abe me ofrece la mano.

—Lauren, lamento lo que sucedió hace un rato. No sabía que eras la pareja de Abe.

—Ella no sabe qué significa eso, papá. —Los músculos debajo de los ojos de Abe comienzan a temblar. Me doy cuenta por la forma en la que pestañea fuerte que le está costando ver otra vez.

—Bájame. Yo puedo conducir, —murmuro en voz baja.

Esta vez, Abe no me contradice. No finge que no está sucediendo. Me deja de pie y me sigue.

—Está sucediendo otra vez, —deduce el papá de Abe. Abre la puerta del acompañante.

—Sí. —Abe se sube.

Estiro la mano para que me dé las llaves y el papá de Abe me las pasa. Sus ojos están preocupados.

—Si tiene otra convulsión, llámame de inmediato. Estoy esperando... no importa. Sólo vayan. Los dos necesitan estar juntos.

Asiento y trago saliva. Algo del optimismo se va de mi pecho.

—¿Estás bien? —Pregunto cuando me pongo detrás del volante. Ajusto el asiento hacia adelante.

—Sí. —La voz de Abe está tensa—. ¿Puedes conducir hasta la cabaña?

—Sí. —Enciendo el coche. Pongo el cambio y sigo la fila de coches que salen del estacionamiento.

Abe se cubre los ojos aunque está oscuro afuera.

—Lauren.

Salgo del estacionamiento y conduzco por el camino que lleva hasta mi casa.

—¿Sí?

Abe se recuesta en su asiento.

—¿Estás bien?

El cuerpo de Abe empieza a convulsionar. Su cabeza cae contra mi hombro y él inhala fuerte y se acomoda, saliendo del episodio.

—Mierda.

—Abe, ¿acabas de tener otra convulsión?

Su pierna se estira y patea el coche.

—Lauren. —Su respiración está entrecortada.

—¿Qué sucede, Abe? —El pánico empieza a apoderarse de mí—. ¿Qué estás intentando decirme?

Él empieza a convulsionar de nuevo.

Muevo el volante y me detengo a un lado del camino.

—¡Abe! ¡Abe! Por favor.

Los ojos de Abe brillan de un azul helado.

—Lauren. —Él me busca pero termina doblado; su cabeza tiembla y cae sobre mi hombro.

—Está bien. —Me apresuro en desabrocharle el cinturón y ponerlo cómodo—. Estás bien, Abe. —Pongo su cabeza sobre mi regazo y acaricio su cabello. Me late fuerte el corazón. Estoy helada. Las lágrimas invaden mis ojos—. Por favor, tienes que estar bien.

Su cuerpo se mueve y tiembla. Sus dedos se cierran alrededor de mi muslo. Él voltea la cabeza y veo caninos que brillan. No son de un tamaño humano. Son de lobo.

Grito. Sus dientes muerden mi muslo interno y perforan mi carne.

Mi cuerpo se mueve ahora junto al de Abe, una convulsión salvaje. No es doloroso.

Es placentero.

Como un orgasmo. Sus dientes están clavados en mi muslo interno y me vengo y me vengo con el orgasmo más poderoso de mi vida.

Abe

Todo era negro. Debo haber perdido la consciencia y luego, de repente, me despierto frente a las piernas de Lauren. El aroma de su excitación me despierta como las sales de baño. El dolor detrás de mis ojos se ha ido. Los músculos alrededor de mis ojos descansan. De hecho, todo mi cuerpo se relaja como si acabara de tener sexo.

Pero hay sangre. La sangre de Lauren está en mi boca. Me quedo sin aliento y me siento. Mi visión está clara como el agua, incluso en la oscuridad.

Mordí a Lauren.

Marqué a Lauren.

Sin su consentimiento.

Pongo mi mano por encima de las marcas en su muslo y aplico presión para detener el sangrado.

—Ay, mierda. ¿Estás bien, bebé? No quise hacer eso. Oh, destino, Lauren. Lo siento mucho.

—¿Qué pasó? —Ella luce desorientada, pero no asustada. No dolorida. No, su rostro está sonrojado, sus ojos brillantes de la misma forma que luce después de tener un orgasmo.

—T-te marqué, bebé. Los lobos transformistas muerden a sus parejas para embeber su aroma en su piel. Supongo que perdí el control cuando tuve la convulsión.

Ella no parece preocupada por ello.

—Es extraño. —Suena alegre. Como si se estuviera drogada—. La mordida dolió. O sea, debería haber dolido. Pero no. Se siente bien. Quizá sea una masoquista.

Mi verga se choca contra los pantalones de mi uniforme de fútbol. Bajo la cabeza de a poco y le sostengo la mirada para asegurarme de que esté de acuerdo.

—Bueno, será mejor que lama la herida.

—Eso será lo mejor. —Su voz es rasposa. Ella empuja mi cabeza hacia abajo y separa bien los muslos.

Froto su vagina a través de sus bragas mientras lamo la herida para limpiarla. Retuerce su linda cadera mientras frota.

Levanto la cabeza y me lamo los labios. Hay algo distinto en su sangre. Algo leve cambió en su aroma.

—Lauren...

Ella presiona sus dedos sobre los míos entre sus piernas, incitándome a seguir.

—Sabes... sabes a oso.

Ella deja de moverse y se queda helada.

—¡El oso! —exclama.

—¿Qué sucede?

—Ese viejo oso transformista me trajo un té de arbustos de oso al hospital.

—¿Qué? —La miro fijo con los ojos bien abiertos—. No me dijiste eso.

—Lo sé. Por alguna razón sentí que era algo mío.

—Si no me equivoco, el té de arbustos de eso es un remedio antiguo para ayudar a los transformistas adolescentes a transformarse por primera vez. Pero es venenoso para los lobos, así que no lo usamos.

Los ojos verdes azulados de Lauren se agrandan.

—¿Pero no es venenoso para los osos?

Niego lento con la cabeza.

—Lauren... ¿hay alguna posibilidad de que seas parte oso?

—Me sentí genial después de beber el té. Fuerte y viva. Entonces salí y te pedí que me llevaras a casa. Y mi pie se curó mucho más rápido de lo que debía.

Asiento.

—Thomas debe haberlo olido o probado. Por eso me desafió. Tu sangre debe saber bien para él. ¿Recuerdas lo que dijo cuando nos íbamos?

Lauren niega con la cabeza.

—Una locura como, *¿sabes qué sucede si cruzas a un oso y un lobo?*

—Quizá por eso el viejo oso estaba por aquí. Sabía que eras de su especie.

Lauren se queda sin aliento.

—¡Mi abuela!

—¿Crees que fuera una osa?

—No. Pero vino a Arizona en un viaje después de la universidad. Y parece que le encantaban los osos.

—¿Crees que haya conocido a un oso transformista?

—Eso es exactamente lo que creo.

—Entonces ese viejo oso...

—¡Podría ser mi abuelo!

Miro hacia abajo a las heridas de su pierna. Ya se han

curado. El sangrado se detuvo. Definitivamente tiene poderes curativos de transformista.

—Me puse en pareja con un oso. Sonrío.

—¿El vampiro no dijo que estaba prohibido?

—Sí. Dijo que era porque las crías serían peligrosas. Pero ya pensaremos en eso. ¿Sabes qué más es extraño?

—¿Que me excité cuando me mordiste?

Le sonrío de forma salvaje y vuelvo a llevar los dedos al lugar entre sus piernas. —No, eso realmente me encanta.

—Acaricio sus bragas mojadas—. Las mordidas de apareamiento suelen suceder en el orgasmo. Pero Lauren, ahora puedo ver a la perfección. Sin dolores de cabeza, sin distorsiones.

—¿Porque me marcaste?

Asiento.

—¿Y si me acabas de curar, princesa?

Sus labios forman una sonrisa seductora.

—Creo que deberíamos seguir practicando para estar seguros. ¿Puedes marcarme una vez más?

—Marcaré cada centímetro de tu cuerpo, Perla. Sólo espera a que te desnude.

Lauren

—*Mía.* —El gruñido de Abe es feroz. La ducha de la cabaña es pequeña, pero eso no evita que choque mi cuerpo desnudo contra la pared y lama cada centímetro de mí debajo de la ducha.

Tomo mi turno y lo empujo con fuerza contra la pared opuesta. Con una palma enjabonada, lo toco y me encanta la forma en la que sus ojos brillan y sus dientes descienden mientras se excita más y más. Muevo mi puño arriba y abajo sobre su verga, más y más rápido hasta que gruñe y vuelve a tomar el control.

Él me da vuelta y presiona mi rostro contra el azulejo. Es bruto conmigo ahora que sabe que tengo sangre de oso; me maltrata aún más que antes. Me acaricia el trasero y pasa sus dedos enjabonados entre mis nalgas.

—Pronto te lo haré en este lindo trasero, princesa.

La parte de mí que está acostumbrada a pelear con Abe quiere desafiar esa declaración, pero sus caricias eróticas se sienten demasiado bien. Mis hormonas ahora están sobre estimuladas. No me canso de Abe, de su cuerpo, sus caricias, su voz ronca y grave.

Abro bien las piernas y empujo mi trasero hacia atrás en su dirección.

—Mierda, —murmura Abe. Él pasa su mano entre mi cabello húmedo y mira mi cabeza hacia atrás. Es duro. Salvaje. Divino.

Quiero más. Quiero todo lo que Abe Oakley tiene para ofrecer.

Frota la cabeza de su miembro sobre mi vagina y luego empuja para entrar. Con un brazo envolviendo mi cintura para mantenerme en el lugar, empuja para entrar y me levanta los pies del suelo con cada empujón poderoso. No es gentil; es una bestia en celo.

—¿Quieres que te marque otra vez, princesa? —Su voz es gutural.

Me encanta que me pida permiso, aunque sea bruto.

—Sí. —Me estoy muriendo porque vuelva a marcarme. No puedo esperar a descubrir si me hace acabar como la última vez.

Él sigue empujando tan fuerte que estoy segura de que me romperá. Sólo cuando estoy a punto de gritar piedad, empuja profundo y me muerde el hombro.

Es asombroso.

Los fuegos artificiales explotan detrás de mis ojos. Todo mi cuerpo convulsiona otra vez. Salgo disparado al espacio, floreciendo de placer desde mi centro hacia afuera.

Vagamente estoy consciente de que Abe me está sacando de la ducha y envolviéndome con una toalla para llevarme a la habitación. Pero sigo en la tierra bendita. Sigo bajando del punto más alto de mi vida.

Soy una muñeca de trapo cuando me acomoda en la cama; con las extremidades pesadas, los músculos flojos. Él me cubre con las mantas y se pone a mi lado, cucharita.

—¿Las osas marcan a sus parejas? —balbuceo.

—Las osas no marcan, corazón.

—Puede que igual lo intente.

Abe me da vuelta para que lo mire.

—Hazlo, Perla. Quiero esos dientes en mi carne. Quiero esas uñas en mi espalda. Quiero escucharte gritar como lo acabas de hacer por el resto de mi vida.

—¿Grité? —Murmuro algo dormida.

Abe acaricia mi mejilla con su gran pulgar.

—Sí. Fue genial. —Su sonrisa es dulce y aniñada.

Me estiro para yo también tocar su rostro.

—Dime qué significa ser tu pareja.

Sus ojos brillan por un momento, pero él pestañea para cubrirlo.

—Significa que eres mía.

Sonrío.

—Qué teoría interesante.

Él toma mi mano y la lleva a su pecho.

—No, en serio, Perla. Significa que este corazón late por ti. Por el resto de mi vida, no habrá nadie más que tú. Tu felicidad, tu satisfacción, tus orgasmos serán todo por lo que trabaje.

Me río levemente.

—No, en serio.

—Eso es en serio. Los lobos están en pareja toda la vida. Embebí tu piel permanentemente con mi aroma. —Él sigue la forma de las marcas en la piel de mi hombro—. Dos veces. Cualquier otro transformista sabrá que te han reclamado. Eres mía, y mataré a cualquier otro tipo que intente alejarte de mí.

Pestañeo.

—Bueno, eso es intenso.

—Eres a quien el Destino eligió para mí. La única por la que sentiré esto. No me sorprende que el que hayas llegado a Wolf Ridge causara que mi sistema nervioso enloqueciera. Tampoco me asombra que marcarte lo solucionara.

Sigo la forma de su ceja con la punta de mi dedo.

—¿Sigues sintiéndote bien? ¿No hay más dolores de cabeza o problemas con tus ojos?

—Me siento increíble. Di que serás mía, Lauren. Nunca volveré a negar lo que significas para mí.

Mi pecho se siente más cálido que un horno. Después de perder a mi mamá, la promesa de por siempre con alguien tiene un gran atractivo. También se siente como si ella me hubiera traído aquí de alguna forma. A esto. Ella quería que viniéramos a Arizona.

No sé si sabía sobre lo de los osos o no, nunca lo sabré, pero nos trajo a este lugar. A esta magia.

A Abe.

—Seré tuya, —murmuro.

Abe toma mi rostro con ambas manos y me besa. Es un beso lento pero profundo. Un beso hermoso. Una promesa y un descubrimiento.

Epílogo

be

—¡Gerónimo! —Grito, corriendo y saltando del techo de la mansión Sterling hacia la piscina que está debajo. La piscina profunda con forma de riñón está claramente diseñada para mezclarse con el ambiente, con una cascada integrada hecha de piedras tomadas de la ladera.

El agua salpica el deck empedrado y hace que nuestros compañeros griten y se quejen.

Lincoln y Lauren hicieron una fiesta de piscina y todos los populares, y hasta algunos que no lo son, están aquí. De hecho, parece que la fiesta en la mansión Sterling es el evento social de la temporada. Incluso más que el baile de bienvenida o las corridas de luna llena.

Todos han estado interesados por la mansión en la Colina Moongaze y ahora que reclamé a Lauren, ella y su hermano son la nueva fascinación. Incluso más después de que conté que es parte oso.

Eso también hizo que fuera más fácil para mis padres aceptarla como mi pareja, aunque mi papá sí me advirtió que un embarazo podría ser difícil para ella. Pero cree que el hecho de que sea parte humana podría mitigar los riesgos de una cría oso-lobo. No es que planeemos empezar una familia pronto.

El papá de Lincoln y Lauren está parado en deck que está sobre nosotros.

—Muy bien. No salten más del techo, —grita.

No está de bata. Está recién afeitado y totalmente vestido; es el anfitrión de mis padres y algunas otras celebridades de Wolf Ridge. Algo acerca de que Lauren volviera a vivir le devolvió la vida a él también. Lauren dice que está trabajando otra vez y que ha empezado a conocer gente en Wolf Ridge. Ella y Lincoln están extasiados por su cambio.

Asher está viendo el deck con una mirada feroz. Miro para observar lo que molesta a su lobo. No veo al Alfa Green, a quien Asher probablemente siempre odie por expulsar a su papá. ¿Entonces quién más? Están mis padres, el papá de Wilde y la mamá de Rayne, el Sr. y la Sra. James y, *oh*.

Escucho otro gruñido de Asher.

Sip. Está mirando a Carlotta James, nuestra antigua niñera, la loba ardiente que encantó todos nuestros sueños preadolescentes cuando empezábamos la secundaria. Ella regresó después de terminar la universidad y dicen que estará supliendo a un profesor humano en la secundaria Wolf Ridge durante una licencia médica.

Ah. Interesante. No estoy seguro de qué problema tiene Asher con ella, pero quiero averiguarlo.

Lincoln está sentado en un sofá individual, rodeado de media docena de lobas de la secundaria Wolf Ridge. Todavía no le hemos dicho nada, ni sobre su sangre de oso ni de lo que soy, pero planeamos hacerlo cuando decidamos que tiene que saberlo.

Buscamos al oso viejo, pero parece haberse ido de Wolf Ridge. Nadie ha sentido su aroma, ni lo ha visto. Lauren me contó sobre la última vez que lo vio y acordamos que pareció una despedida. Como si una vez que supo que estaba a salvo, continuó su camino.

—¡Es mi turno! —Grita Lauren desde el techo y salta.

—¡Dije ya basta! —grita su papá mientras ella cae al agua.

Atrapo a mi hermosa pareja y ambos nos sumergimos juntos en el piso de la piscina. Pateo fuerte para nadar a la superficie con ella en mis brazos, y los dos unimos nuestras bocas antes de elevarnos, así que salimos del agua besándonos.

Nos saluda un coro de «Awws» de los que vinieron a la fiesta.

—Eso fue magnífico, Perla.

Ella arroja la cabeza hacia atrás y sus ojos verdes azulados bailan.

—Es tan divertido. Qué mal que asuste a mi papá.

—Eres magnífica, —le digo. Es verdad. Es increíble. Inteligente, fuerte, hermosa. El destino me envió a la mejor pareja posible.

Nunca me cansaré de esto. Lleva una bikini verde lima que hace que sea difícil para mí no tener una erección continua en esta fiesta. Pero igual eso es constante a su alrededor.

Aunque mis ojos ya no son un problema. Mi papá cree que la sangre de oso de Lauren podría ser parte de lo que me curó o que podría haber sido una buena sanación amorosa de las de antes. Un corazón que encuentra su par.

Dos almas dañadas que se unen para volverse una. No, para convertirse en mucho más de lo que eran antes.

La llevo a las escaleras de la piscina y salgo con ella

todavía en mis brazos, ganando otro coro de suspiros de nuestros amigos.

—Tu fiesta es un éxito, Perla. Ahora eres su reina.

Ella me besa.

—Eres mi reina.

—No creas que te llamaré mi rey, Abe Oakley.

Le sonrío.

—Todos ya saben que soy el rey alfa aquí.

Ella vuelve a besarme y su expresión se suaviza.

—Te amo, rey alfa, —murmura.

—Eres la razón por la que late mi corazón, Perla. Vivo por ti. Te amo. Y eres mía.

Fin

Obtendrás acceso a todos los materiales adicionales así como libros gratuitos.

https://www.subscribepage.com/reneerose_es

Gracias por leer . Si te ha gustado, agradecería muchísimo tu reseña: marcan una gran diferencia para autores independientes como yo.

¿Quieres más?

Lee el siguiente libro de la serie **Secundaria Wolf Ridge**

El destino me unió a la única loba en la que jamás podría confiar.

Hace cinco años, mi hermosa vecina Carlotta me traicionó.

Mi familia quedó destruida.

Por su culpa, la manada desterró a mi padre

y nos relegó a mi mamá y a mí a un estatus inferior; apenas pudimos sobrevivir.

Carlotta se fue de la ciudad cuando descubrí que había sido ella.

Antes de tener la oportunidad de hacer que pague.

Pero ahora ha regresado.

No cambió mucho, pero yo sí.

Ahora tengo el doble de su tamaño. Soy mucho más dominante.

Y acabo de descubrir que me pertenece.

Lo que significa que Carlotta James está completamente a mi merced.

Y *sí* pienso hacerla rogar.

La autora más vendida de USA Today, Renee Rose, nos entrega este nuevo romance prohibido intenso de bravucones y adultos transformistas.

El alfa prohibido

Libro Gratis de Renee Rose

Quiere un libro gratis de Renee Rose? Suscríbete a mi newsletter para recibir **Padre de la mafia** y otro contenido especialmente bonificado y noticias de nuevos. https://BookHip.com/NCVKLK

Otros Libros de Renee Rose

Secundaria Wolf Ridge

Alfa bravucón

El caballero alfa

Alfa-nastro

Rey alfa

El alfa prohibido

Alfas peligrosos

La tentación del alfa

El peligro del alfa

El premio del alfa

El reto del alfa

La obsesión del alfa

El deseo del alfa

La guerra del alfa

La misión del alfa

El tormento del alfa

El secreto de alfa

La presa del alfa

La sangre del alfa

El sol del alfa

La luna del alfa

El juramento del alfa

La venganza del alfa

El fuego del alfa

El rescate del alfa

Hombres lobo de Wall Street

Un Gran Jefe Malvado: Medianoche

Un Gran Jefe Malvado: Lunático

Un Gran Jefe Malvado: Marcada

Un Gran Jefe Malvado: Su pareja

Osos malvados

El reclamo del alfa

Rancho Wolf

Áspero

Salvaje

Feroz

Rudo

Indomable

Implacable

Instintivo

Vigoroso

Dos Marcas

Rebelde - GRATIS

Tentada

Deseada

Seducida

Serie Chicago Bratva

Preludio

El director

El solucionador

Vegas Clandestina

Rey de diamantes

Padre de la mafia

Sota de picas

As de corazones

El comodín del Loco

Su reina de tréboles

La mano del muerto

El comodín

Alfa de Montaña

Héroe

Rebelde

Guerrero

Conoce a la autora

RENÉE ROSE, LA AUTORA BESTSELLER EN USA TODAY, ama los héroes dominantes, ¡los machos alfa que saben hablar sucio! Ha vendido más de un millón de copias de tórridas novelas románticas con diferentes niveles de sexo no convencional. Sus libros han sido presentados en el Happily Ever After de USA Today y en Popsugar. Nombrada en el Eroticon de los Estados Unidos como la Próxima Autora Erótica Top en 2013, ha ganado también como Autora Preferida en Ciencia Ficción y Antología Valiente y Atrevida y con la mejor novela romántica histórica en The Romance Reviews. Figuró catorce veces en la lista de USA Today con su serie Rancho Wolf y varias antologías.

**Suscríbete a mi newsletter para recibir contenido especialmente bonificado y noticias de nuevos lanzamientos en Español.

https://www.subscribepage.com/reneerose_es

facebook.com/reneeroseromance

x.com/reneeroseauthor

instagram.com/reneeroseromance